KB197141

글·그림 미리암 보나스트레

스페인 바르셀로나 근처의 작은 마을에서 태어나, 걷기 전부터 어디든 낙서를 하는 아이였습니다. 바르셀로나에 있는 Escola Joso Center for Comics and Visual Arts에서 만화를 공부했습니다. 다양한 종류의 만화 작업을 했고, 애니메이션 분야에서 캐릭터 디자이너로 일하고 있습니다. 현재 뉴욕타임스 베스트셀러 작가로, 스페인에 살면서 웹툰 <Marionetta>를 연재하고 있습니다.

번역 홍연미

서울대학교에서 영어영문학을 공부하고 오랫동안 출판사에서 책을 기획하고 만들었습니다. 지금은 어린이에게 큰 웃음과 깊은 감동을 주는 책을 찾아 우리말로 옮기는 일에 푹 빠져 있습니다. 옮긴 책으로는 《성적표》, 《기분을 말해 봐!》, 《작은 집 이야기》, 《동생이 태어날 거야》, 《도서관에 간 사자》, 《온 세상 생쥐에게 축복을!》 등이 있습니다.

기탄출판

등장인물 소개

마법사 와이트 가문

다니엘라 와이트

쌍둥이 남매 중 첫째.
마법으로 왕국의
평화를 지키려 한다.

도리안 와이트

쌍둥이 남매 중 둘째.
주관이 뚜렷하다.
모니카를 좋아한다.

데미안 와이트

와이트가 아이들 중 첫째.
마법사들의 왕이 되어,
왕국을 지배한다.

한스 와이트

쌍둥이 남매의
아빠

안젤라 와이트

쌍둥이 남매의
엄마

힐데 와이트

쌍둥이 남매의
고모

그 밖의 인물들

니코

쌍둥이 남매의 첫 친구.
몰랐던 마법 능력을
발견하게 된다.

모니카 공주

왕국의 공주.
힘든 상황에서도
명랑함을 유지한다.

마스터 펜드래건

예언자이자 마법사.
마법사가 아닌
사람들 편에 있다.

마크 에번스

니코의 오랜 친구.
쌍둥이 남매와 모니카의
든든한 조력자다.

윌리엄 왕자

모니카 공주의 약혼자.
용과 함께 사라져
모두가 찾고 있다.

HOOKY(후키)는 '학교를 꾀부려 빠지다.'라는 의미를 가진 단어로,
이 책에는 쌍둥이 마법사가 학교로 가는 스쿨버스를 놓치며 펼쳐지는 모험이 담겨 있습니다.

니코, 그건 절대 아닐 거야.

'떠 있는 바위'에서 도리안한테도 비슷한 일이 있었잖아.
스스로를 통제 못한 것 말이야.

그래, 하지만 그때 도리안은 다니를 지키려는 마음에 그랬던 거잖아.
그렇지만 다니는….

다니는 복수를 하고 싶어 했어.

누군가 뒤따라오는 것 같진 않아.
그런데 어디로 가야 하지?

진정해! 우리가 갈 곳이 있을 거야.
성으로 돌아갈 수도 없잖아요!
우린 돌아갈 곳이 없어요.
너희도 마스터의 집으로 가면 돼.

마스터는
왕궁에
있었잖아…
붙잡혔을지도
몰라.
어쩌면. 하지만
마스터는 어떻게든
우리에게 돌아오실 거야.
난 마스터를 믿어.

이럴
수가….
무슨
일이지?!

마스터의
집이….

저들 짓이군요!
우리가 저들과
싸워야 해요.
마크, 저자들은
마법사야. 힐데
와이트가 보냈다고
하더구나.
당분간은
숨죽이고 있는 게
최선이다.

하지만
아빠….
아저씨
말씀이 맞아.

그래도 니코,
너희 집이….
우리는 싸울
준비가 되지
않았잖아.

마스터는 언제나
안전이 가장 중요하다고
하셨는걸.
지금은
우리의 안전만
신경 쓰자.

니코 얘기 들었지,
마크? 이 애들을 다른
데로 데려가야 해.
제가 완벽한
장소를 알아요.

니코, 너 어디
가는 거야?
서둘러!
모두 모여
있는 거지?
숲에 오두막이 한 채 있어.
내가 친구들이랑
주말에 놀던 곳이야.
다니…
조심해.
다 왔다.
이제
어쩌지?

난 마법을 못 써.
싸움도 못 하지.
그 어느 때보다도
내가 쓸모없게
느껴져.
이제 아무도
우리를 지켜 주지
않을 텐데….

3개월 후
다니!
아! 안녕, 도리안.
누가 널 보면 어쩌려고 그래? 지금 뭐 하는 거야?

구름을 보다가 마법으로 비를 내릴 수도 있겠다는 생각이 들었거든.
그러면 꽃들이 아주 크고 예쁘게 자랄 것 같아서 말이야!
하지만 혹시 허리케인이 오면 어쩌나 해서….
네가 게을러서 물뿌리개에 물을 채워 오기 귀찮은 거잖아!
도리안, 네가 물뿌리개에 물을 채워다 주면 안 될까?
난 여기에서 알렉스랑 기다리고 있을게!
잠깐 혼자만의 시간을 갖고 싶어서 그래.
알렉스
이거 받아, 그냥 구식 방법대로 해.
금방 돌아올게.
올 때 쿠키도 몇 개 부탁해!
정말 이 이상한 모자를 써야 하는 거야? 너무 후줄근하잖아.

마법사와 마주치게
되지도 모르니까
변장을 해야 돼.

공주님을
찾고 있는 거라면
여기엔 안 계셔.

무슨 소리를
하는 거야?!

난 모니카를 찾으러
온 게 아니야. 물을
담으러 왔다고.
그렇다고
하자.

그런데…
모니카가 어디에
간다고 했어?
저기 판자를 댄
길로 걸어가셨어.

하하,
잽싸게 가네.

이런,
어서….

난
할 수 있어.
제발….

움직여.
움직여….

하나….

둘….

움직이라고!

젠장!

주변 환경에
집중하려고 해 봐.
!

여기서
뭐 하는 거야?
혼자 힘으로 하고
싶단 말이야!
미안해. 난 그냥
돕고 싶어서 그랬어.

이제 나 혼자
해 볼 거야. 너한테
넘치게 배웠거든.
거기 앉아서
지켜보기나 해.
분부대로
하겠습니다,
공주님.

주변 환경에
집중해 보라고?
맞아, 그런 얘기를
읽었던 기억이 나.
주문을 걸 때
움직이려는 물체에만
집중하지 말고….

그 물체에
닿은 모든 것에
신경 쓰랬어.

그렇다면
아마도….
물?
우아!
됐다!

봐,
도리안!
내가 혼자서
해냈어! 난 정말
끝내줘!
그게 말이야,
내 생각에는 솔직히
내 덕분이 아닌가
하는데….
지금 뭐라고
하는 거야?!
음… 신경 쓰지 마.
어쨌든 힌트는 살짝만
준 거였으니까.
아주
살짝이지!
거의
다 왔어.
20퍼센트는
될걸.
그래…
그렇다고 하자.

3개월이나
지났는데도…
여전히
절망스럽네.
난
괜찮아.
니코…?
쓰레기가
정말 많다.
건질 만한 물건이
있을지 모르겠어.
뭐지?
마스터의
수정 구슬인가?

윌리엄
왕자잖아!
너 뭘가
찾았어?
응! 굉장한 걸
발견했어.
나 윌리엄
왕자가 어디
있는지 알겠어.
윌리엄
왕자를 찾으러
가자!
어서 가자! 모두
기뻐할 거야.
그게
뭔데?

누가
나한테 후추 좀
가져다줄래?

의자가 몇 개
필요하지?
니코랑 마크가
저녁 시간에 맞춰
돌아올까?

그럼, 마을은
가깝잖아.
아마 금방
돌아올 거야.
도리안은
언제나처럼
게으르네.
넌 안 도울
거야?

후추는
높은 선반에
있는걸.
그리고 너도 별로
하는 건 없잖아,
아이비!

우리는 공주님
머리 손질 중이잖아.
너 설마 공주님의 머리
모양이 중요하지 않다고
생각하는 거야?
내가 꺼냈어! 심지어
다른 건 떨어뜨리지 않고….

으악!

다들 주목해 봐!
내가 좋은 소식을
가져왔어!
우리가 무언갈
찾아냈어.
그리고
중요한 건….
윌리엄 왕자가
어디 있는지를
알아냈다는 거지!

정말?
뭐? 그게
진짜야?!

이건 마스터의
수정 구슬이야.
정말
반짝거려.
난 아무것도
안 보여.
잠깐만
기다려 봐.
보이지?
저기 있잖아!
윌리엄 왕자
맞지? 안 그래,
모니카?

동굴 같은 데 있는 것
같아, 탑이거나…
용도 있어!
우리가 윌리엄 왕자를
찾은 거야!
있잖아,
니코….

난 아무것도
안 보여.

나도야.
뭐?
나도
안 보여….
뭐라고?
그냥 반짝거리는
구슬일 뿐인데….

하, 하지만…
바로 여기 있어!
이건 마스터가 보내는
메시지야. 난 확신해!

쟤, 자기가 대단해 보이고
싶어서 저러는 거야. 우리를
바보로 아나?
나는 정말 보인다고!
거대한 벽으로 둘러싸인
탑이 가득한 도시도 보이고….

그거,
내 고향 말하는 거
같은데.
난 아미르 왕자님도
믿지 않아요.

못되게
굴지 좀 마,
아이비!
난 널 믿어,
니코.
난 네가 예지력을
타고났다고 생각해,
마스터처럼 말이야.
정말이야?
내가 무슨
생각을 하는지
알아?
그건 아주 희귀한 종류의
마법이고, 배우는 것 자체가
거의 불가능해.

예지력이 있다는 건
정말 멋진 일이야!
아주 운이 좋은 거라고!
말이
안 되는데….
난 마법을
성공시킨 적이
없어.
난 언제나 마스터의
수정 구슬에 나타나는
모습들을 볼 수
있었는데….
난 모두가
볼 수 있다고
생각해 왔어.
마스터는 진실을
알려 주지 않았어.
말하지 않았지….
내가
마법사라는 걸.

내가
예언가라고?!

정말 굉장해, 니코! 이제
나의 윌리엄을 찾을 수 있어.
될 수 있는 대로
빨리 출발하자!

마스터를 만나기 전까지 난
미래를 본다는 게 가능한 일이라고
생각도 못했어. 나한테 어떻게
볼 수 있는 건지 알려 주라!

우와… 네가
진짜 마법사라니!

축하해, 니코.
네가 진정한 마스터의 조수야.
우리 미래도
봐 줄 수 있어?

여기 모두가
사실 마법을 쓸 수
있을지도 몰라!
니코,
수정 구슬에서
또 뭐가 보이니?
그런데
윌리엄은 좀
어때 보였어?

날 그냥
내버려둬!
가
버렸네….

따라가
봐야 하나?
아니…
니코는 괜찮을
거야.
그냥 지금 상황이
당황스러운 것뿐이야.

삶 전체가 뒤바뀌어
버린 거니까.

…
그거 니코랑 마크가
마스터 집에서
갖고 온 거지?
그 옷 다시
입을 거야?

아니.

난 검은 옷만
입을 거야. 돌이켜 보니
마법사인 게 핵심은
아닌 거 같아.
핵심…?

내 말이 무슨
뜻인지 알잖아,
도리안…
오랫동안 곰곰이
생각해 봤어.
마법사들이 사악한 걸까?
아니면 마법사를 두려워하는
사람들이 잘못된 걸까?
난 스스로
통제할 수 없는
마법을 받아들여야
하는 걸까?
그리고 그 예언들은
대체 뭘까…?

우리는 우리의 운명에서
벗어날 수 없을 거야…
이미 정해진 거니까.

하지만 만약
할 수 있다면?
우리가 상황을
변화시키고 바로잡을
수 있다면?

우리가 노력한다면…
다가올 미래를 바꿀 수 있을까?
난 그렇게 믿어.
정말?
응.

그럼 우리 당장 시작하자!
우선 윌리엄 왕자님을 찾는 거야. 그런 다음에 다른 사람들도 구하자! 마스터, 국왕 폐하, 엄마, 아빠, 오빠…
모두를! 맞지?

그럼 마법 공부에 대해 얘기해 볼까?
공부라고?!
너 3개월 동안 마법 공부를 안 했잖아.
넌 더 강해져야 해!
너 지금 쿠키로 날 공부하게 만들려는 거야?
봤지, 니코? 다니는 예전과 똑같아.

네 말이 맞는 것 같아.

얘들아, 내가 도둑을 잡았어! 도리안이 쿠키를 몽땅 가져갔지 뭐야.
우리가 설마 널 못 잡을 거라고 생각했어?
으아악! 조용히 해!
이미 늦었어! 우리가 다 먹어 버렸는걸.

셋….
넷….
다섯….
여섯…
어, 일곱….
여덟….
아홉….
열!
꼭꼭 숨어라, 머리카락 보일라!
찾았다!
안 돼!
헤헤….
너 숨바꼭질 정말 잘한다.
내가 이길 거야!
아하!
찾았다, 데…
으아아아악!
이거 번개야?
너희 둘, 괜찮아?

개굴?
무슨
일이지…?
데미안….

정말… 훌쩍… 일부러 그런 거 아니에요.
다 괜찮단다, 아가.
여보, 그렇게 심하게 말하지 말아요.
데미안이 일부러 그런 건 아니잖아요. 그 아이도 원래대로 돌아왔고요.
그 애들이 겁을 좀 먹은 것뿐이야. 그럴 수 있어.
엄마는 금방 괜찮아질 거라고 믿어.
정말요…?
당연하지. 그냥 기다리렴.
애한테 거짓말하지 말아요. 이건 우리한테 일어날 수 있는 최악의 상황이니까.
이제 마을 전체가 우리가 마법사라는 걸 알아 버렸어요.
당장 추방될지도 모른다고요!

꼭 그렇지는 않죠. 이젠 마법이 불법도 아닌데…
오래전부터 그랬잖아요.
하지만 사람들은 여전히 마법을 두려워해요.
다른 지시가 있을 때까지 외출을 금하겠다.
데미안을 잘 지켜보도록.
네, 주인님.
으아앙!
으악!
당신 또 애를 울렸잖아요!
나 큰일 난 거예요?
아니야, 데미안.
상황이 좀 잠잠해질 때까지만이야.
걱정하지 마, 아가.
안전이 중요해서 그런 거란다.
겁이 나면 사람들이 위험한 행동을 할 수도 있거든.
한스, 그만해요… 이제 마법사를 화형시키는 일은 없잖아요!

아, 안 돼!
저 사람들 제정신인가?
무기를 갖고 있어요….
서둘러요. 창가에서 떨어져야 할 것 같아요.
일단 여기서 나갑시다.
빗자루는 창고에 있어요!
아이를 데려가요, 한스!
뭘 수 있겠니, 데미…?
꼼짝 마라, 마법사!

너희가 온 세상을 악으로 물들이도록 가만 놔두지 않겠다!

우리가 너희를 처벌하지 못할 거라고 생각했던 거냐?

너희는 우리 마을에 저주를 내렸어!

아이를 넘겨라!

우리를 건드리면 엄청난 대가를 치르게 될 거다. 그러길 바라는 건 아니지?

마법사라는 이유로 나를 화형시킬 수는 없어. 국왕이 금지했으니까!

명을 어기면 처벌받게 될 거요.

너희들의 왕은
금지시켰을지 몰라도,
나는 그 의견에
찬성하지 않아.
마법사는 모두
화형당해야 돼. 그것이
너희의 숙명이다.
당장
체포하라.
안젤라!
엄마!
저자들을
감옥으로 끌고 가.
엄마!
안 돼요!
아빠, 엄마를
구해 주세요!
데미안….

마법사에게
화형을!
저 여자는
괴물이다!

이쪽으로 오렴,
내 아들.
이런 모습을 보여
미안하구나,
데미안.
너무나
미안해.

아빠…
엄마가….
저들이 꼭 대가를
치르게 만들겠다.

무슨 수를
써서라도,
되갚아
주겠어.
약속하마….

안젤라….
으아아아악!
당장 멈춰!
이게
무슨 짓이냐?
조지 국왕
폐하?
폐하가
오셨어!

안젤라, 여보…
제발… 일어나요.
엄마….

오늘 벌어진 일은 유감일세.
내가 조금만 일찍 도착했어도….
유감이요?

애초에 마법사들을 화형시키라는 명을 내린 사람이 바로 당신이었어요!
아빠.

미안하네,
내가 할 말이 없군.
그리고 에드거, 당신은 나를 배신했소.
그 대가를 치러야 할 거요.

엄마는 겨우 살아남았고
나는 안심했어.
하지만 뭔가가
잘못되어 가고 있었지.
안젤라…
제발….

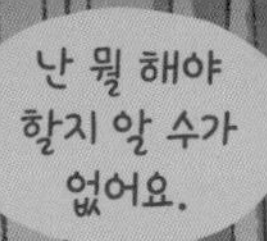

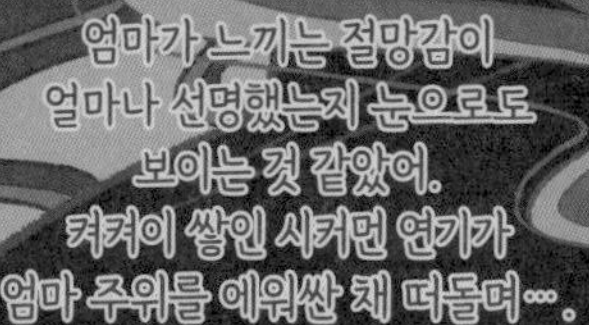

내 가장 깊은 곳에서 차곡차곡
쌓여 가던 느낌이 차츰 형태를
띠기 시작하면서,

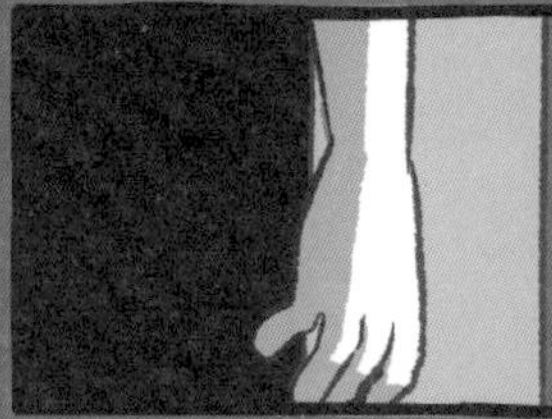

내 느낌은
생각이 되고,
그다음에는
확신이 되었지.

이 모든 일이
내 탓이라는
확신.

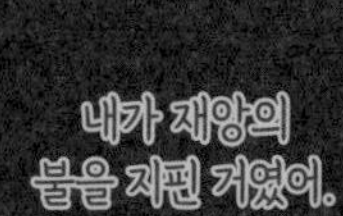

내가 사람들에게
마법을 걸었고,
그 바람에 우리가
사냥감이 된 거니까.

엄마를 고통받게
만든 원흉이
바로 나였지.

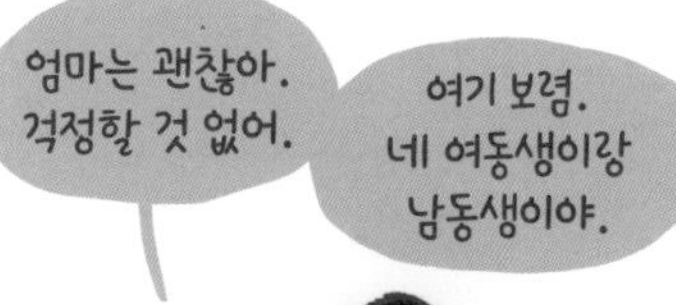
엄마는 괜찮아.
걱정할 것 없어.
여기 보렴.
네 여동생이랑
남동생이야.

우아!

저도 안아 봐도
돼요, 아빠?
조심해서….

아이들 이름을
지어야 할 것 같은데…
안젤라?
…

…
한스….

!
말해
봐요.
계속해서
이렇게 지낼 수는
없어요.
난 점점
쇠약해지고
있으니까.

엄마는 다시 미소를 지었지만
그 미소는 차디차고 섬뜩했어.

난 그저 엄마가 예전 모습으로
돌아오기만을 간절히 바랐지.

우리 가족을
심판할 때도 자비를
보여 주었던가?
이미 오래전부터
당신에게 어떤 짓도
하지 않았어!
그 이상 뭘
바라는 거지?
너희들이
내 아내에게 무슨
짓을 저질렀는지
모르겠나?
우리더러
뭘 어떻게 하라는
건데?
난… 난 정의를
원할 뿐이다!
너희들이 내 가족을
파멸시켰어.
그 끔찍한 가족?
마법사에게 정의는
죽음뿐이야.
뭐라고…?!
어떻게
감히?!
아빠…?
뭘 하신
거예요?

나도
모르게 그만…
나는….
제 친구의
부모님이라고요!
아빠는….
아빠는
괴물이에요! 난
아빠가 싫어요!

아빠 앞에서 소리치지
말아라. 우리 가족을
보호하는 건 내 의무야!
모두가
마법사를 존경하게
만드는 것도!
사람들이 우리를
존경하지 않으면
어떤 일이 벌어지는지
너도 봤잖아. 우리가
다치게 된다고.

네 엄마
말이 옳아.
아무 일도
일어나지 않았던 척을
할 수는 없어.

데미안, 너는 와이트 가문의
후계자다. 우리가 존경받도록
만드는 것이 언젠가는
네 임무가 될 거야.

그게 사실이라면…
전 이 가문의 후계자가
되고 싶지 않아요!

두렵고
무서웠지.

외로웠고.

죄책감으로
숨이 막힐 것만
같았어.

증오심도
내 숨통을 조였지.

엄마….

다시 함께
사니까 정말 좋구나.
가족답게 말이야….
네 동생들도
어서 찾으면
좋겠구나.

윌리엄 왕자는
어디 있나요?

넌 국왕답게
네 의무를 진지하게
받아들일 필요가 있어.

엄마,
왕자는 어디
있냐니까요?

네 아빠와 고모는
둘 다 자기들이 명령을
내릴 수 있는 지위에
있다고 생각해….

엄마!

난… 난 엄마의
바람대로 복수를
하고 싶어요.
엄마를 아프게 한
사람의 아들을 죽일
거라고요.
윌리엄을
죽이겠어요.
그러려면 왕자가
어디 있는지 알아야 해요.

죄송해요,
엄마.

우리가 원하는 곳으로
윌리엄의 아버지와
모니카를 데려오는
미끼 말이야.

복수는
엄마를 치유할 수
없어요.

정말 여기에
남고 싶은 거야,
노아?

응… 누군가는
이곳을 지켜야 하니까.
게다가 알렉스를
두고 떠날 순 없어.
딱히
갈 곳도 없고
말이야.
그래….

두 사람을
실망시키지 않을게.
우리가 꼭 윌리엄
왕자를 찾아낼 거야.
그런 다음 모두 정신
차리도록 만들겠어!
평화가 넘치고
정의가 지켜지도록
말이야!

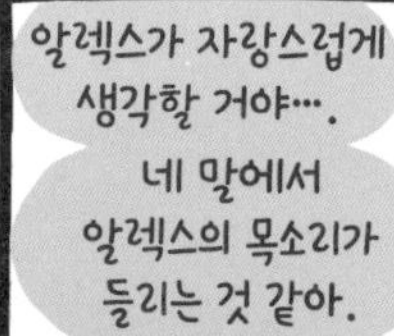
알렉스가 자랑스럽게
생각할 거야….
네 말에서
알렉스의 목소리가
들리는 것 같아.

노아…
정말
고마워!

너를 만나서 기뻐.
언젠가 꼭 다시
만나면 좋겠어!
너희 모두 다
대단해!
아아, 쟤들 좀 봐.
함께 울고 있어.
가슴이
뭉클해.

너희도 울어?!
그냥… 훌쩍… 너무 아름다운 모습이라….
흑흑….

자, 이걸 입으면 아주 멋질 거야.
지금 뭐 하는 거야?
얼굴을 가리려면 뭐든 걸쳐야 하잖아.

누가 우리를 보게 될지 모른다고.
꼭 스파이가 된 것 같아!

죄다 검은색이라니 너무 칙칙해… 내 후드 색깔 좀 바꿔 줄 수 있어, 도리안?
하지만 모니카… 마법사들은 의무적으로 검은 옷을 입어야 돼.

알았어, 컵케이크 군. 내가 공주라는 걸 아무도 알아채지 못하기만 하면 뭐.

드디어 상황이 나아지는 것 같아.

오늘은 정말
멋진 날이야!

도리안.
너한테
묻고 싶은 게 있어.

좋아. 무슨
질문인데?
묘약에
대한 거야.

알렉스한테
묘약을 쓰지 않았잖아.
알렉스가… 다쳤을 때
말이야.

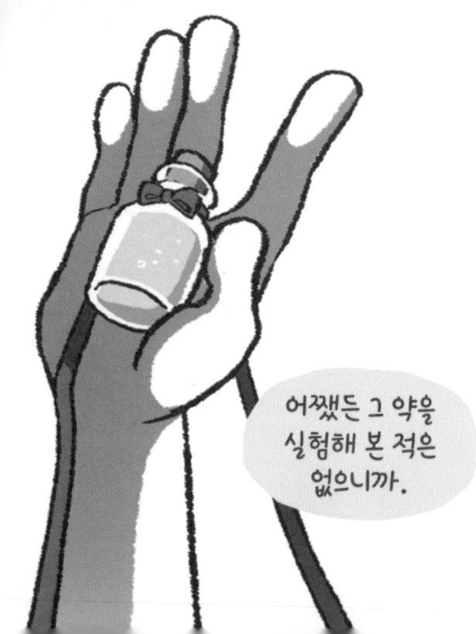
왜 그랬던
거야?
그 묘약이 사실
효력이 없어서 사용을
안 한 거야?
어쨌든 그 약을
실험해 본 적은
없으니까.

그래도 이 약이
고통을 덜어 주고 약한 저주쯤은
풀어 줄 수도 있을 거야….

어?

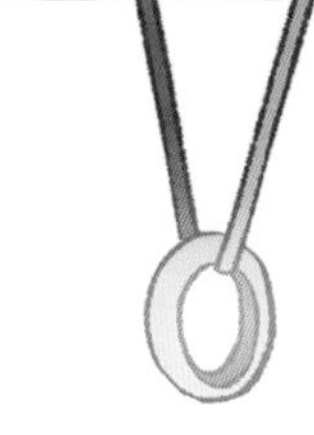

왜 그렇게 그걸
신경 쓰는 건데?
응? 그게
무슨 뜻…?
이봐, 거기 트럭!
이쪽으로 차를 대,
당장!
누구지…?
통상적인
검문이다.
마법사들이야!
폐하에게 반대하는 자들이
왕국을 자유롭게 돌아다니도록
놔둘 수는 없으니까.

이제 어떡하지?!
후드로는 어림도 없을
텐데!
다른 애들은 벌써
차에서 내리고 있어!

다니!

보세요, 저희도 마법사니까요!
검은 고양이랑 수정 구슬이랑 이것저것 다 있잖아요.
어머, 다니 너무 귀여워!
귀엽다고?!
저게 먹힐 리가 없잖아!
알았다, 얘들아, 가도 좋아.
수상한 사람을 보면 잊지 말고 경비병에게 알리렴.
아유, 귀찮아!
감사합니다, 수고하세요!
뭐야?!
저게 먹히네….

다음! 빨리 나와, 하루 종일 여기 있을 거냐?
갑니다!
서둘러, 도리안! 콧수염!
…
모니카, 저 사람들이 너는 확실히 알아볼 거야.

쓸 만한 마법이 분명 있을 텐데!
제발, 제발….

아무것도 생각이 안 나!
당장 문 열어!

저 사람들, 차를
부술 기세야…!
공주님, 그냥
시동을 걸까요?

나 방법이
떠오른 것
같아!
하지만 네가
도와줘야 해!
그렇게….

그래, 앤!
시동을 걸어!
하지만 모니카,
우리를 따라올 거야.

문 열라고
했잖아!
어어?

쟤들 대체 뭐 하는 거야?
보나 마나 도리안 생각일 거야.
우리가 무엇이든 해야 돼!
그냥 가 버렸어….
어쨌든 마법사인 건 확실하군.
정확해요!
그래, 하지만 도망친 데는 이유가 있겠지.
그럴 리가요! 저희가 아는 마법사들인걸요.
아마 여러분이 반역자나 뭐 그런 사람들인 줄 알고 겁이 났을 거예요.
이봐요, 그건 우리 빗자루라고요!
데미안 국왕 폐하의 이름으로 빗자루를 압수하겠다.
용의자들이 전속력으로 달아나고 있다!
저리 비켜!
아얏!

이제 어떡하죠, 공주님?

운전에 집중해! 나머지는 우리가 알아서 할게!

으아아!
따라오고 있어요! 마법사들이 우리를 공격한다고요!

앤 말이 사실이야!
뭐라도 좀 해 봐!
도리안!
지금 내가 다른 주문을 쓰면 차가 추락할 거라고!
쓴맛을 보여….
으아아악!

무슨 일이
생긴 거지?
으아아악!

아!
으아아아악!

다니였어!

이젠 우리
뒤를 따라오는
마법사가 없어!
그럼
착륙하자.
!!
조심해!
모니카!

대박이군!
다른 사람도 아닌 바로 공주라니!
놓으라고, 당장!
모니카, 내 손을 잡아!
공주님을 놔줘!
잘못해서 모니카를 맞힐까 봐 무섭지만….

할 수 있겠어, 다니?
도리안이 붙잡을 거야!
아마도….

모니카!
조심해!
가만히 있어!
내 손을 잡아!

내가 놓으라고 말했지!
으윽.

모니카!

어… 도리안…
그게…
주문이….

우리 아마 추라…
아아아아아아악!

말도
안 돼….
걱정하지 마.
다 괜찮을 거야….
다니….

저리
비켜!
나도
같이 갈래.
으악!

도리안!
공주님!
왕자님!
앤!
이 근처
어디에 있어야
할 텐데….

그 애들이
여기 없는 게
나을지도 몰라.

무슨
뜻이야?

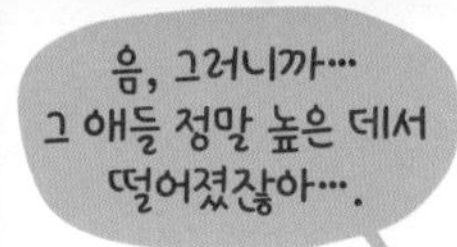
음, 그러니까…
그 애들 정말 높은 데서
떨어졌잖아….

니코….
만약에 붙잡힌 거면
우리가 빼내 오기만
하면 되는데….

아냐,
신경 쓰지 마.

만약에
그 애들이 이 근처
어디에 있다면?

우리
여기 있어.

도리안…!
그런데….

모니카가
사라졌어.

추락한 거야?
제발… 제발 아니길.

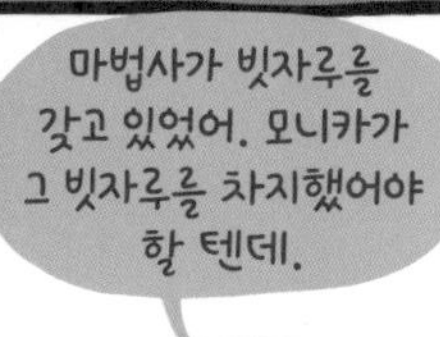
마법사가 빗자루를 갖고 있었어. 모니카가 그 빗자루를 차지했어야 할 텐데.

야, 너 예지력 있지? 그 망할 수정 구슬을 보고 공주님이 무사하신지 좀 확인해 봐.
노력 중이야!

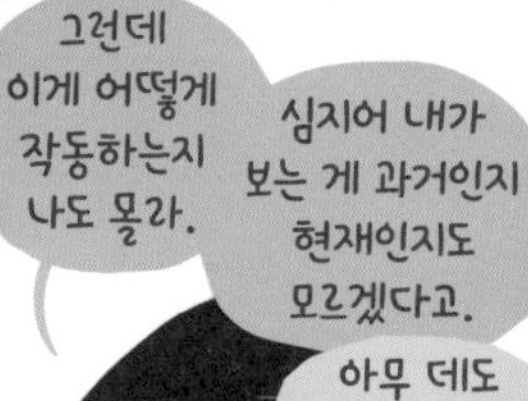
그런데 이게 어떻게 작동하는지 나도 몰라.
심지어 내가 보는 게 과거인지 현재인지도 모르겠다고.

아무 데도 쓸모가 없네!

아이비, 니코한테 그러지 마.
내 편 들어 달라고 한 적 없거든.

그러면 윌리엄 왕자님의 모습도 과거일 수 있다는 거야?
혹시 우리가 무의미한 여정에 목숨을 걸었던 거야?

만약 공주님을 찾는 것도 너무 늦어 버린….
그만해!

우리끼리
싸워 봤자 해결되는 건
아무것도 없어.
지금 당장
모니카를 찾으러
가야 해.

그렇게 멀리
가지는 못했을….
이봐,
너희들!

우리한테 무슨
짓을 한 거야?

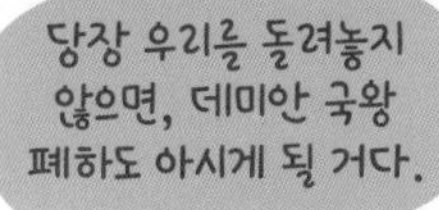
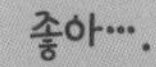
당장 우리를 돌려놓지
않으면, 데미안 국왕
폐하도 아시게 될 거다.
알았어요.
그러면 거래하죠.
포로들을 어디로
데려가는지 알려 주면
저도 원래대로 돌아오는
방법을 알려 드릴게요.
좋아….
힐데 와이트 님 밑에서
일하는 숲 관리자에게
데려가기로 되어 있었다.
이 근처이긴 한데
길이 워낙 좁아서
차를 타고 갈 수는 없어.
걸어서 가야 하지.

그래,
어서 가자.
기다려,
나도 갈 거야.
야, 꼬마!
우리 거래는
잊었어?

아,
맞다!
제가 실수로 저주를
걸었지 뭐예요. 그래도
두 분이 진정으로 미안한
마음을 가지면 원래대로
돌아올 거예요.
전
이만!

다 온 것
같은데….

내 예상과는
많이 다른걸.
너무
초라해.
그래도
귀여운 것
같은데!

주위에 아무도
없는 것 같아.
가
보자!
지금
제정신이야?
누가 숨어
있을지도
모르잖아!

나와 봐.
내가 발로 차서
부술게.
문이
잠겨 있어.
어휴,
또 잘난 척은.
잠깐….

안녕, 얘들아.
뭐 도와줄까?

아저씨가
그걸 묻다니
참 웃기네요.
모니카에게 무슨 짓을
했는지 털어놓을 때까지
우린 이곳을 떠나지
않을 거예요.
응?

도리안,
잠깐만.
저 아저씨…
나쁜 사람 같지
않아.
평화를 바라는
사람을 위협하면
안 돼.
아까 마법사들이
말했잖아. 이 사람이
포로들을 가둔댔어.
우리의 적이라고.

난 너희의
적이 아니야!
보다시피
마법사도 아니고.

하지만 마법사들
편을 드는 게 옳다고
생각하긴 해.
마법사가
옳다고요?
전 그런 건
있을 수 없다고
생각해요.

아저씨는 좋은
사람 같아요.
하지만 왕을 두꺼비로
만들거나 자기 뜻에
반기를 드는 사람들에게
고통을 주는 건…
'옳은' 일이라고는
생각되지 않네요.

마법사들은
오랫동안
고통받았어.
심지어 지금도
마법을 쓰는 건
위험한 일로 여겨지지.
우리는 공평하기를
바라는 거야.
그게
옳은 거고.

그러면 데미안에게
반대하는 사람들은
어떻게 되는데요?

글쎄…
감옥에 갇히겠지.
아니면…
처벌받거나.
그건 폐하가
결정하시겠지.

그러고 보니 당신,
마스터 펜드래건의 집을
불태운 사람이로군요.
마법사의
집인데도요.
분명
당신이었어요.
그자라고…?
펜드래건?
하지만 그자는
반역자인걸.
모니카는
어디 있죠?
진심으로
말하지만 우리는
같은 편이야.
마법사들은
충분히 힘들었어.

모니카 어디 있냐고요!
아저씨가 우리 집을 불태웠어요!

오래 버티지는 못하겠는걸.

얘들아, 잠깐….
마지막 기회예요….

도리안은 이미 편을 정한 것 같아.

자기 결정에 확신하고 있어.

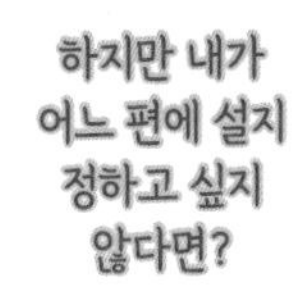
하지만 내가 어느 편에 설지 정하고 싶지 않다면?

도리안은 우리도 마법사라는 걸 잊은 것만 같아.

우리는 고통받았는데….
그 누구보다도.

왜 도리안은
저들 편에 서게
됐을까?
혹시
그 이유가…?
왜 이렇게
외로운 느낌이
들지?

이미 이야기는
충분히 했어. 못 들었어?
모든 게 마법사들을 지키기
위해서라잖아!

도리안,
그만해.
아저씨한테
설명할
기회를 줘.

마법사들은 너희들
생각만큼 나쁘지….
조용히 해요,
더 떠들면 이 집도
불태울 거예요!

그만해!
아!
다니! 내 마법
지팡이 내놔!
아니!
이성적으로 대화하기
전까지는 어림도 없어.

이럴 시간 없다고!
얼른 돌려줘!
절대
안 돼!
아얏!
으아아악!
얘들아, 좀…
진정해.
정말
한심해!

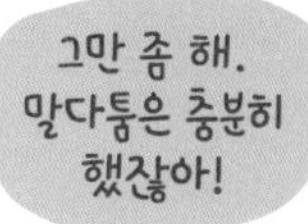
그만 좀 해.
말다툼은 충분히
했잖아!

으윽.
야…!

진정 좀 해,
다니!
마법 지팡이
내놔, 도리안!
싫어!

일을 이렇게
만들 생각은 조금도
없었는데….

모두가 어울려
지내도록 만드는 게
우리 목표 아니었어?
으윽….

모니카가
위험에 빠졌을지도
모르잖아!

그게 죄 없는
사람을 해칠 핑계가
되지는 않아!

죄 없는
사람이라고?

마법사들은 마법사가
아닌 사람들을….
알렉스를 죽인
사람은 마법사가
아냐!!

…
그 사건은 이 일하고 상관없잖아.
상관이 없어?
그럼 대체 뭐랑 상관이 있는데?
넌 전혀 신경 쓰지 않아.
네가 신경 쓰는 건 오직….
…

넌 너무 이기적이야.
내가 이기적이라고? 그렇지 않아!

이거 봐!
다니!
다니, 기다려!

다니!
어디 가는 거야?
헉헉, 넌 어떻게 그렇게 빨리 뛰냐?!
도리안! 너 괜찮아?!
휴….
모든 것이 예전이 더 좋았어.

도리안과 나는
서로뿐이었고,
다른 건
아무것도
필요없었어!
도리안은
아주 어설프고
고집불통이었지만
재미있었어.
도리안에게는
내가 필요했어.

다니는
어디 있지?
나도
모르겠어.

이거
네 옷 맞지,
마크?
다니가
입고 있었던
거야!

다니가
어디 있는지
알 것 같아…
모니카를
찾았나 봐.

둘이 어디
있는데?!

!

아….

다니,
날 어떻게 찾았어?
새를 따라온 거야?
다른 애들은 어디에 있어?
다니, 너 괜찮아?
…
나 도리안이랑 싸웠어.
어머… 왜?

도리안이… 사납게 굴었어… 나도 모르겠어. 무언가 잘못됐어.

아가야… 어디 있니?
아, 일어나셨다!

도리안이랑 같이 만든 묘약을 드렸거든.
약이 효과가 있는지 보자.

제 완벽한 묘약이
제대로 작동했나요?

아가야…
너 뭘 어떻게
한 거니?
아! 이게
무슨…?!

네가 만든
묘약은 정말
감동적이로구나!

괴물이다!!
모니카, 비켜!
내가…!
다니, 저분은
아무 잘못 없는
할머니야!
응?
그런데….

제 묘약이 효력이
없었네요. 할머니
모습이 여전히 흉…
제 말은 아직
늑대처럼
보이신다고요.
그건 나한테는
걱정거리도 되지
않는단다, 아가.

아주 날아갈 것 같아!
뼈마디가 하나도
아프지 않고!
보렴,
춤도 출 수
있어!
정말요?
그럼 제 묘약이
효과가 있는 거네요?
이거 좀
이상한데….

묘약 만드는 방법 좀
알려 줄 수 있겠니?
그러면 정말 기쁠 것
같구나.
당연하죠!
마법사들이
도움이 될 거라고
누가 생각이나
했을까….

할머니
말씀 들었지,
다니?
우리가 할머니한테
마법사들이 사악하지
않다는 걸 알린 거야!
묘약 하나로 말이야.

맞아!
묘약을 잔뜩
만들어서 모두에게
나눠 주자.
마법사들도 선한
일을 한다는 걸
증명하는 거야!

하지만
너랑 할머니가
하는 게 좋겠어.
나는 묘약을 독극물로
만들어 버릴지도
모르니까.

네가 우리 중에
가장 강한 마법사잖아!
그런데 그냥 지켜보기만
한다고?
우리 셋이
같이 해야지.
잠깐만!

그런데,
아까 나한테 도리안하고
싸웠다고 그랬잖아.
이제 기분
좀 나아졌어?

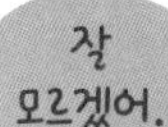

잘
모르겠어.
머릿속이 너무 복잡해. 도리안과의 거리도 점점 멀어지는 것 같고…
어쩌면 한심하게 들릴지 몰라도….
외롭게 느껴져서 좀 슬퍼. 항상 그런 건 아니지만 예전보다는 확실히 그래.

그건 정상이야, 다니.
엄청나게 많은 일이 일어났잖아. 아주 나쁜 일들 말이야.
하지만 모든 걸 혼자서 할 수는 없어.
혼자 해결하려고 하면 오히려 문제가 점점 더 커지고 속으로 자라게 되거든.
자꾸 마음속이 엉킬지 몰라.
다른 사람을 믿고 도움을 청해. 우리가 여기 있어. 도리안뿐만 아니라 모두가.

네 말이 맞아, 모니카. 그래서 네가 우리한테 쉬지 않고 잔소리를 했던 거야?
당연하지! 나한테도 얼마나 성공적이었는지 보지 않았어?
…
모르나?
하하, 당연히 알지. 사실 내가 꼭 털어놓아야 할 게 있는데…
그런데 좀 당황스러워서….
뭔데?

전에 난, 사실 지금도…
너한테 질투가 나.

나한테? 왜?
나도 모르겠어. 도리안이 너를 너무 좋아해서…
둘 사이에 뭔가 있는 것 같아.
뭐?

전혀 아니야,
다니!
네가 완전히
잘못 알고 있는
거야!
우린
친구야.
심지어 네가
생각하는 만큼
친하지도 않아.
정말?
당연하지! 하하,
무슨 생각을 하는 거야.
알다시피 난 윌리엄이랑
결혼할 거야.
식사가
준비됐단다!
이 멀리까지
오다니…
잠깐,
창문 안을 봐!
저거…
늑대야?
괴물이다!
가서 엉덩이를
걷어차 주자!
그래,
그러자!

공격!
후회하게 될 거다, 늑대야!
혹시 소리 들었어?
얘들아! 치즈 케이크 먹을래, 아니면 과일 샐러…?
설마…?
쾅!
할머니!
우리는 네가 내 누나와 공주를 납치한 걸 알고 있어!
두 사람은 어디 있지?
말해, 아니면 후회하게 만들 거니까!
뭐…?!
멈춰!
요즘 아이들은 참 버르장머리가 없구나.

공격하기 전에
물어봤어야지!
이분은
저주에 걸린
할머니라고.
당장
사과해!

정말
죄송해요,
할머니.
너희가 여기
싹 치워라.

공주님,
무사하셨군요!

두 사람
다 잘 있었구나!
정말 다행이야!
땀에 젖은
손으로 공주님
만지지 마!

너도 방금 전에
모니카를 안았잖아,
아이비.
난 규칙적으로
샤워하거든.
너희
배고프니?

음….
말씀하시니까
살짝….
다니…
아직도 화났어?

미안해.
내가
예민했어…
무서웠거든.

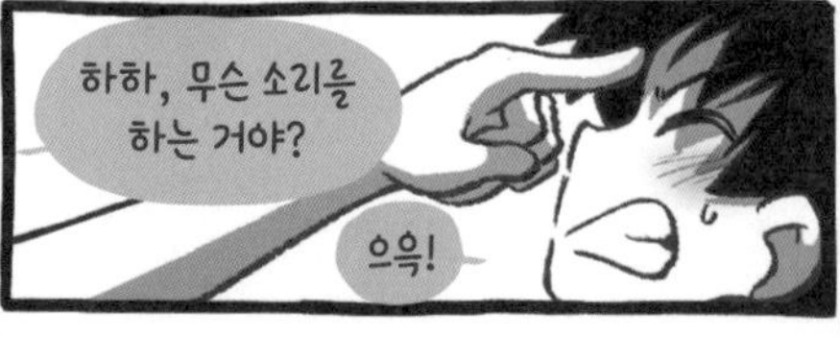
하하, 무슨 소리를
하는 거야?
으윽!

너 진짜 바보야, 도리안.
괜찮아. 나도 무서웠으니까.
진짜로 괜찮아.
아유, 정말 잘 먹는구나!
음식이 정말 다 맛있어요, 부인! 최고예요!
그냥 할머니라고 부르렴, 아가!
너처럼 귀여운 손자가 있으면 참 좋겠구나!
모니카….
와, 드디어 나한테도 인사를 하네.
날 기억 못하는 줄 알았지 뭐야?

내가 너
껴안아도
돼?
으응?

우리가…
당연하지!
다른 애들도 그랬잖아!
왜 이런 걸 물어보니?
안 물어봐도 돼.
네가 자꾸 그러니까
더 어색해지잖아!

…
휴.

뭐…
뭐야?
나 너무
무서웠어…
네가 차에서
떨어졌을 때….

무사해서
정말 기뻐.
하하,
날 못 믿는
거야?

당연히 믿지.
하지만 내가
어떻게 걱정을
안 하겠어?

어쨌든 난 네
남자 친구잖아.

뭐라고?!

대체 언제
그런 생각을 하게
된 거야?

응…?
우리가 성에 있을 때
난 너를 좋아한다고
말했고….

그리고 너도… 날
싫어하는 건 아니라고
했잖아. 기억 안 나?
그랬지,
하지만….

왜 저래….
으으, 불쌍한 녀석.

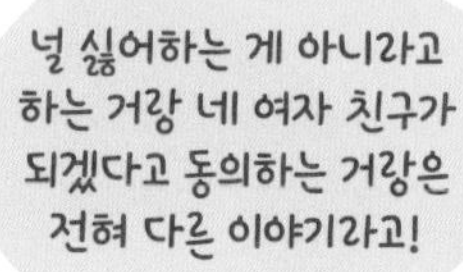
널 싫어하는 게 아니라고 하는 거랑 네 여자 친구가 되겠다고 동의하는 거랑은 전혀 다른 이야기라고!

너 지금까지 우리가 커플이라고 진지하게 생각했던 거야?!

아… 난….
그건 불가능해!
난 윌리엄이랑 약혼한 사이야! 기억하지?

…

하하…
그래, 당연하지. 미안해.
잠깐….
별거 아니야.

그냥 내가 오해한 거니까….
신경 쓰지 마.

나… 난 잠깐 밖에 나갔다 올게.

도리안,
잠깐만!
그냥
놔두세요!

내가 다
망쳐 버린 것
같아….
아무것도 망친 것
없어요, 공주님.
오해를
바로잡는 건 필요한
일이니까요!

도리안이랑
얘기 좀 해 봐.
어? 왜
나야?

병에 묘약
넣는 것 좀 도와줘!
무슨
묘약인데?
우리 셋이 만든
치료약이야.
심하지 않은
상처나 통증에
좋아. 몇 가지 독의
해독제이기도 하고.

뚜껑에
도장 두 개를
찍을 거야.

모니카
가족이 속한
왕가의 도장
하나,

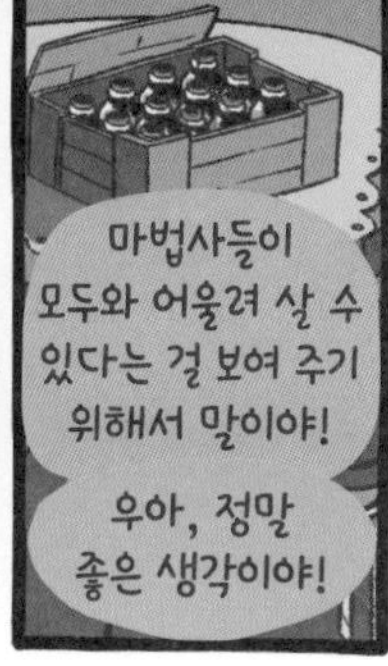
마법사를
대표하는
도장 하나.
마법사들이
모두와 어울려 살 수
있다는 걸 보여 주기
위해서 말이야!
우아, 정말
좋은 생각이야!

검은색 옷을
꼭 입어야
하는 거야?
난
마법사처럼
보이긴 싫은데.
너 아주 예뻐,
아이비!
다니,
기다려!

도리안….
너
괜찮아?

지금 내 창피함을
숫자로 나타내면
0에서 10까지 중에
얼마쯤 될까?

아주
솔직하게.
0에서
10…?
그러면
8과 9 사이.
사라지고
싶다.
이봐,
그런 소리
하지 마….
이제 모니카
얼굴을 어떻게
보겠어?
그런데… 너
진짜 모니카를
좋아하는 거야?

당연하지!
난 모니카를 정말
많이 좋아해!
그만! 네 말 듣기만 해도
당황스럽다!
나한테 기회가
있을까? 모니카가
날 싫어하는 건
아니라고 했거든.
이제 확실히
이해했어.

기운
내!
어림없어!

몇 달 전에
너 나한테 뭐라고
그랬더라, 도리안?
아… 맞다.
"난 로맨스가
뭐 그렇게 재미있는지
이해를 못하겠거든. 전쟁이
다가오고 있는데 너는 사랑을
생각하잖아."
네가
한 말 아냐?
어… 그래,
그랬지만….

그러면
네가 말한 대로
해야지.
우리한테는
해야 할 더 중요한
일들이 많잖아!
첫 번째,
묘약 나눠 주기.
두 번째,
윌리엄 왕자 찾기.

그래,
언제나 윌리엄
왕자구나….
세 번째, 데미안을
우리 편으로 끌어들이기.
네 번째,
엄마 아빠 설득하기.

아, 너희
여기 있었구나.
로맨스에 쓸
시간은 없다고!

로맨스는
다음 공지가 있을
때까지 금지야!
우리 전부
다…?

우리에겐
이뤄야 할 목표가
있으니까!
다니,
놔줘!

아….
도리안,
있잖아….
얘들아!
얼른
가자!
우리가
해야 할 일이
아주 많다고!

확실해요,
와이트 부인. 분명
모니카 공주였어요!
그리고 거기에 다니엘라
와이트와 도리안 와이트가
틀림없이 있었어요!

그 꼬맹이들이 우리
손을 빠져나갔군.
거기!
이 사실을
널리 알리도록.

지명 수배
마을마다
마법사를
배치하라.

내 조카들을
찾아야 해.

지명 수배
하루라도 빨리
그 애들을 우리 편으로
끌어들여야 해!

주위에서
이 아이들 중
하나라도 보면…
반드시
우리에게 알려야
합니다.

보상이 있나요?
당신들은
마법사잖아요.
데미안 국왕 폐하께
충성해야죠.

좋은 하루
보내세요.
띵동
쳇!

앨리스와
로마스
마법 학원
지금
50%
단체
보상이
없다고?
우리는 그 대단한
와이트 꼬마들의 보모가
아니라고.

지명 수배
전단지들이 너무
많아졌어!
이제 눈에
띄지 않고 다니기가
점점 힘들어져.
하암…
너무
지치는걸.
졸면서 운전할 거야?
절대 안 돼!
으아아아!
미안해!

이 마을에서
우리가 묵을 숙소를
찾아야 할 것 같아.
아니면 하룻밤
재워 줄 사람이든지.
불가능해.
우리를 보자마자
데미안의 병사들을
부를걸.
그러면 어떻게
하자고, 촌뜨기?
우리 모두가 너처럼
냄새 고약한 차나,
진흙투성이 숲에서 자는 걸
좋아하지는 않아.

나한테
맡겨.
완벽해.

앗, 마법
학원이야!
여기서는
틀림없이 우리를
환영해 줄 거야.
앨리스와 로마스 마법 학원
누구냐?
으아악!
장난치려는 거면
당장 꺼져!
안 그러면
저주를 걸 테니까.
저희는
장난치려는 게
아니에요!
지나가다가
학원 간판을 보고
혹시 괜찮으시면….
여기서 하룻밤
지낼 수 있나
해서 말이죠.
…
저희도
마법사랍니다.
요즘 같은 시기에는
서로 도와야 하니까요.
아…
그렇군…
당연하지.
들어와,
들어오라고.
앨리스, 누가
왔는지 봐….

우리의 첫 번째 학생들이야!
아, 그러면 흑마술에 관심이 있는 건가?
딱 알맞은 곳을 찾아왔군, 환영해.

사실 저희는 식사에 관심이 더 있어서요.
그렇겠지.
변장하느라 입은 옷은 벗어도 돼.
네? 저희가 변장한 걸 어떻게 아셨죠?
너 몇 살이지? 열두 살?
열세요!
그거나 그거나. 그 잿빛 콧수염은 너랑 전혀 어울리지 않거든!
아무튼 난 앨리스야, 이 사람은 로마스고.
앨리스와 로마스 마법 학원
지금
단체 할인

편하게 있으렴.
내가 최고의 카르보나라 스파게티를 만들어 줄 테니까.
감사합니다!

아무래도 우리가 기막힌 행운을 잡은 것 같아, 로마스!
난 모르겠어. 와이트 아이들을 잡아도 보상이 없다는 말 기억하지?

그래도…
이 일로 뭔가를 뜯어낼 수 있을지 몰라.

나도 뭔가 뜯어낼 수 있는 걸 찾길 원해.
이 가족에게 무슨 일이 있는 건지…
그리고 우리가 그걸 어떻게 이용할 수 있는지.

자, 여기 있다. 맛있게 먹으렴.

드디어 제대로 된 식사야. 마크의 수프는 완전히 질렸어.
정말 맛있어 보여요!
이봐!

다 먹고 나면 2층의 왼쪽 세 번째 방으로 가렴.
거기에서 자면 돼.
하지만 서둘러.
이 집을 떠도는 정령이 종종 적대적인 태도를 보이기도 하거든.

정령이라고요…?
맙소사… 참 반가운 얘기네요.

잘 자라!
사실 난 지금 좀 신나!

현실판 공포 이야기 같잖아.
너도 좋아할 것 같은데, 니코?
그렇지, 음….

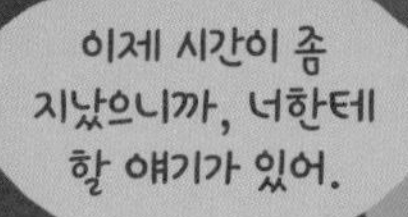

이제 시간이 좀 지났으니까, 너한테 할 얘기가 있어.
다른 사람들은 모두 알아.
음, 도리안은 빼고. 도리안은 어떤 반응을 보일지 알 수 없어서 말이야.
응? 뭐에 대해서?
우리가 무슨 생각하는지 너도 이미 알 거야….
너희 무슨 얘기를 하는 거야? 니코…?
난 네가 우리랑 같이 있으면 안 된다고 생각해.
?
아주 위험할 수 있거든.
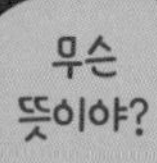

무슨 뜻이야?
다니는 무슨 뜻인지 알아. 안 그래, 다니?

너 뭔가 잘못됐어.
네가 하는 모든 일이 사람들을 해쳐.
너는 마법사들의….
당장 입 다물어!
너도 내가 나쁜 사람이 아니란 걸 알잖아!
난 그저 사람들이 마법사를 받아들이기를 바랄 뿐이라고!

찰싹!
진정해, 다니!
우린 네가 좋은 사람이라고 믿고 있어. 우리 마음이 바뀌게 하지 마.

하지만 네가 모두에게 위험한 존재라는 건 너무나 확실해.
우리는 너를 해치지 않을 거야. 하지만 너는 모든 것에서 물러나 있어야 돼!

하지만 모니카….

내 몸에 손대지 마!
모니카를 건드리지 마!

니코와 모니카의
말이 맞는 것 같아,
다니.
넌 마법을
쓸 때마다 누군가를
해치잖아.
네가
마법사들의
왕인 것 같아.
게다가
너 요즘 들어서
아주 공격적이야.
아니야!
너 왜 그런
소리를…?
왜 예전의
다니로 돌아오지
않는 거야?
너는 왜 예전의
도리안으로 돌아올
수 없는데?
예전의 도리안은
더 이상 존재하지
않으니까.
나한테
왜 이러는 거야?

모니카는
사실을 말하고
있어.
지금 상황이 진짜가
아니라 예전의 도리안은
존재하지 않는 거야.
무슨
소리야?
깨어나,
다니.

이건 그냥
네 상상일 뿐이야.
으응?
여기는…?
여기가
어디지?
이건
뭐지?
니코?
마크?
…
알렉스?
여태 일어난
이 모든 일이 정말
내 꿈이었던 걸까?
하지만
지금은 진짜야.
난 확신해….

그렇다면….
다들 어디
있는 거지?
내가 다시 왕궁으로
돌아온 걸까?
여기는 탑 안이고?
계단이 왜 이렇게
많은 거지?
내가
얼마나 오랫동안
올라온 걸까?

왼쪽 세 번째
문이랬어….

문 안으로
들어가면
알 수 있을 거야,
확실히…!

때마침
오셨군요….

식사 준비가
끝났습니다.

뭐…?
이게
뭐죠?

여긴
어디죠?

기분이 좀
안 좋으신 것 같아.
식사하시면
기분이 나아지실
겁니다, 폐하.

당신들,
무슨 짓을
한 거예요?
내 동생은
어디 있죠?
도리안 어디
있냐고요!

기억
안 나세요?

동생분은 이제
여기 계시지 않잖아요,
폐하.
벌써
여러 해가….

거짓말
그만해요!

잠깐만요!
왼쪽
세 번째 문….

안 돼…
여기가 어디지?
여기에서 벗어나야 돼….
다니!
너 괜찮아?
도리안…?
너 진짜인 거야?
나도 모르겠어.
넌 진짜야?

응, 난 진짜라고 생각해… 너 뭐 기억나는 것 있어?

우리… 우린 윌리엄 왕자를 찾으러 가기로 했었어….

가는 길에 치유 묘약을 나눠 주고 싶었는데…
사람들이 마법을 신뢰하도록 말이야.
정말?
그래.
그거… 참 좋은 생각이다.

아, 그게 치유 묘약이었나 보네….
얘, 좀 안타깝다.
우리가 잘 이용할 수 있지 않을까, 앨리스?

우리가 너무 지나쳤나?
하지만 우리 잘못이 아닌걸.
이 애들에게 최악의 악몽을 겪게 만든 건 이곳의 정령이니까.

제7장 치유 묘약의 효과

똑똑
똑똑

에버스 카페에서 주문하신 상품 배달 왔습니다!
들어오렴!

아주 빨리 왔구나, 마크.
실례지만 누구시죠?

무슨 소리를 하는 거니? 나 게르트루디스 아줌마잖아, 마크.
게르트루디스…? 하지만….
마스터 펜드래건은요? 그리고… 니코는요?
누구?

게르트루디스 수선 가게
여기는 펜드래건이 마법으로 사람들의 미래를 봐 주는 곳이었다고요!
마법…?

니코…?
누군지 전혀 모르겠어.
마법사와 예언가라고? 너 잠이 덜 깼냐?

마법은 존재하지 않아.
내가 지어낸 게 아니야! 마법은 당연히 존재해.
펜드래건도 존재해! 니코도!

아빠, 하지만….

이봐,
친구!
괜찮은
거야?
여기가 어디지?
너, 니코야?
당연히 나지!
너 환각을 본 거야.
내 생각에는
저들이 마법을 걸거나
뭐 그런 것 같아.
정말? 너무
생생했어.
넌
뭘 봤어?
신경
쓰지 마.
서두르자! 다른 애들이
악몽에 지배당하기 전에
모두 찾아야 해.

안 돼….
이럴 수는
없어….

너무 늦은 건
나도 알아. 하지만…
사실 나는 언제나….

내가
사랑하는
사람은….
모니카!
뭐야! 이제 막 중요한
말이 나올 차례인데.
왜
그랬어?
이런,
미안.

잠시만요,
공주님….
뭘 보고
계셨어요?

지금 이러고 있을
때가 아니야. 얼른
쌍둥이를 찾아야 해.
알잖아…
그 애들은 끔찍한
악몽을 경험하고
있을 거라고.

다니!
어디를
가는 거야?

안 돼!

다니!
기다려!

조심해,
도리안!
으응…?
정말
아슬아슬했어!

무슨…?
너 뛰어내릴
뻔했어.
너무
무서웠어….
때마침
우리가 도착해서
다행이지!

나 이제
정신이 들어… 다니는
어디 있지?
우리도 아직
못 찾았어.
하지만
저 두 사람은 찾았어.

저기 좀 봐!
묘약 무료로
드려요!
앨리스와 로마스
마법 학원
시험해
보실 수 있어요!
수천 가지
효과를 가진
묘약!
오늘이
특급 기회!
앨리스와 로마스
마법 학원에서 직접
만든 제품이에요!

우리
묘약이잖아!

이봐요, 멈춰요.
그건….

다니!
저 사람들, 다니를 인질로 잡고 있는 거야?!

어서 가자, 다니를 구해야 해!

내가 당장 갈게, 다니!

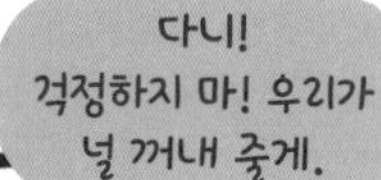
다니! 걱정하지 마! 우리가 널 꺼내 줄게.

다니가 잠들어 있어.

으아아아악!

마법이 걸린 케이지란 걸 모르겠니?
정령이 모든 걸 지켜보고 있다고.

로마스를 놔줘.
우리는 다니엘라를 해치지 않아…
그리고 너희를 데미안 국왕 폐하께 밀고하지도 않을 거야. 우린 묘약만 있으면 돼.

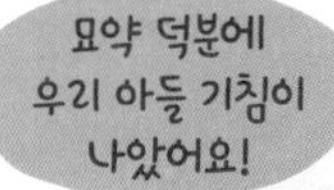

묘약 덕분에 우리 아들 기침이 나았어요!
막힌 하수구를 뚫었어요!
난 이제 대머리가 아니야!
정말 수천 가지 효과가 있는 묘약이 맞아!
저희 학원에 등록하시면 여러 가지 마법을 배울 수 있어요.
저 등록하고 싶어요!
여기 다양한 강좌 목록이 있어요! 서두르세요, 인원이 제한되어 있으니까요.
저도요!

짜증 나!
저건 다니 아이디어였는데!
음… 어쨌든 먹히긴 했네.
모니카 괜찮아?
그래도 사람들이 마법사를 신뢰하게 만들고 있잖아, 안 그래?
결국 모두가 마법에 익숙해지게 될 거고 말이야, 그렇지?

…

모니카…
나 너랑 할 말이 있어….

뭔데?

나한테 하고 싶은 말이 뭐야…?
그러니까….

말하기 좀
어려운데….
무슨 일이 벌어지는지
나도 알아!
나에 대한 악몽을
꾼 거잖아, 안 그래?
아까 마법에 걸려
있었을 때 말이야.

아니, 아니,
그런 건 절대
아니야!

내가 너한테
하고 싶은 말은….

너를 좋아한다고
했던 말 있잖아…
음, 그 얘기 그냥
다 잊어버려.
뭐…?
왜?

생각해 봤는데…
내가 착각했던 것 같아!
널 정말로 좋아하는 건
아닌데 말이야. 알지? 전혀
심각한 건 아니라고.
우리 가족이랑
보모를 빼면 지금까지
만난 여자는 네가
처음이라서 그랬나 봐.

그런
거야?
그래, 그러니까
걱정하지 마.

내가 같이 있을 때
네가 불편해할까 봐
말하는 거야.
우리 아무 일도 없던
것처럼 지금과 똑같이
친구로 지내자.
그래… 그렇지,
친구.
그럼 그냥 어이없는
오해였던 거네.
응.
으아아아악!
어…!
사람들이
늑대로 변하고
있잖아?!
으악!
윽! 날
내버려둬!
식물들도 무섭게
바뀌고 있는데?!

어떻게 이런 일이
생길 수 있지?
어떻게라고?
그거야 당연히
저 묘약을 만든 사람이
다니라서지!
드디어
널 찾았어.

네가 그랬지,
맞아?

맞아….

그중에
진짜인 게
있었어?

친구들과의
다툼?

도리안이
사라진 거?

왕이 된 나?

누가
알겠어?

뭐가
진짜일까?

전부 네가
날 겁주려고 한
일이잖아, 그렇지?
왜 그랬어?

어떻게 나에 대해
그렇게 잘 아는 거야?

난 두려움과
고통에 대해서
다 알고 있으니까.

그리고…
난 시키는 대로
한 것뿐이야.

누가 시켰는데?
앨리스랑 로마스?

그 사람들이
대체 왜?

난 악을
먹고 살아….

날
여기에서
내보내 줘.

싫어.

날 겁주는 건 벌써
충분히 했잖아,

더 이상 뭘
바라는 거야?

그래? 그럼 나한테 복종해.

왜?

내가 그 둘보다 훨씬 더 악하니까.
나한테서 더 많은 걸 얻을 수 있을걸.
아니, 넌 악하지 않아….
넌 착해. 난 알 수 있어.

확실해?
좀 자세히 들여다봐.

으아아아!
으아악!
조심해!

도리안…
너
뭐 하는
거야?

다니…!

너! 정령이든
아니든, 아무튼!
뭐든지 할 수 있다고
말하지 않았어?
당장
멈춰!
그건 악한 거랑
정반대잖아.
나한테
복종한다며?
네가 한 말
지켜!

다니, 네 묘약
때문에 난리 났어!
그걸 마신
사람들이 모두 늑대로
변했다고!

알았어….
지금은 그래야지.
응?
이게 대체 무슨 일이지?!
저기 봐, 누군가 늑대들을 가두고 있어!
어떻게 이런 일이 가능하지?
이게 무슨….
잘했어, 정령!
아….
누가…
다니?!
너 어떻게 한 거야?!

설명할 시간 없어!
우리가 사람들을 원래대로 돌려놔야 해!

어서, 도리안!
으아아아!
넌 묘약을 제대로 만드는 방법을 알잖아, 안 그래?
모니카, 너도.
서둘러.
그래….
다니, 내 질문에 대답해!

도대체 뭐가 어떻게 되고 있는 거야?
묘약의 영향을 받은 사람들의 수가 늘고 있군.
그래도 걱정 마. 내가 처리할 수 있으니까.
고마워, 정령!

가자, 도리안.
그래!
정령이라고? 대체 무슨 정령? 너 지금 네 고양이랑 대화하는 거야?
모니카, 나랑 같이 가자. 사람들이 널 봐야 해.
알겠어!

얘들아,
모두 피해 봐….
우아아!
하늘
좀 봐!
저거
비눗방울이야?
피해! 저들은
우리 모두를 늑대로
만들고 싶어 해!
자,
이제….
터진다!
으아아아악!
어…?
달아나!
살려 줘!
케이지가
녹고 있어….
무슨
일이지?

내가 늑대가 됐었다고?!
사실… 좀 무서웠어! 날카로운 이빨이랑 뾰족한 귀랑!
누가 우리를 다시 돌려놨지?
저들이야!
모니카 공주님 아니야?

저 애들은 와이트 아이들이네?
맞아!
지명 수배
저 애들이 우리를 구했어. 틀림없이 착한 마법사들일 거야.

그러면 저 마법사들이…
우리에게 저주를 건 거로군!
저들을 붙잡아!
너희 후회하게 될 거다!

빠져나갔군….
와이트 부인이 알면 우리를 가만 안 둘 거야.

다른 마법사들을 철저히 심문하도록. 아이들의 목적지가 어디인지 알고 있나 확인해야 하니까.
지명 수배

지금 최우선으로 할 일은 도망자들을 붙잡는 거다.
명 수배

대체 무슨 일이 일어난 겁니까…?

수상한 일들에 참견하고 다닐 때부터 예상한 거 아닌가요, 펜드래건?
허나 저를 놔주셨잖습니까?
이제 선한 편에 서게 되신 건가요?
그런 게 있기는 한가요?
내가 당신을 풀어 준 건 당신에게 원하는 게 있어서예요.
윌리엄 왕자를 찾는 데 제 도움이 필요하시군요.
그래요. 찾을 수 있죠?
네, 수정 구슬로 찾는 걸 시도해 보겠습니다.
하지만 궁금하군요…
왜 부모님께 직접 묻지 않으시는 건가요?

… 그걸 지금 말이라고…?
제 말은, 윌리엄 왕자를 구하고 싶다는 말을 하지 않으면 되지 않겠냐는 뜻입니다!
이 나라의 왕이니 중요한 정보에 접근하려 한다고 해서 이상할 것은 없으니까요.
엄마는 절대 속지 않을 거예요.
나를 너무 잘 아니까요.
정말 확실한가요?
그런데 윌리엄 왕자를 왜 그리 신경 쓰시는 겁니까?
왜냐고 물었나요?
글쎄요….

엄마는 달라졌어.

다정함은 신랄함으로 바뀌어 버렸지.

엄마가 원하는 것은 오로지 복수뿐이었고….

다른 사람들은 모두 엄마 뜻대로 행동했어.

마법사들의 공동체를 우리 편으로 만들어야 합니다.

많은 마법사들이 우리와 아무것도 함께 하려고 하지 않아요. 국왕과는 좋은 관계를 유지하면서 말이죠.

그건 사실입니다. 하지만 우리가 잠시 기다릴 수 있다면…

다음 세대 마법사들을 훈련시킬 수 있을 겁니다. 우리가 나아가야 할 방향을 보여 주는 거지요.

어떻게 훈련시킬 계획이죠?

학교를 세울 겁니다.

모든 마법사들을 위한?

맞습니다, 힐데.

왕국에 사는 모든 어린 마법사들을 위한 학교요.

이런…!
너 여기서 뭐 하고 있는 거야? 어디서 왔어?
다시 해 봐!
어…?! 뭘 하라고?!
마법 말이야! 너 두꺼비랑 뱀을 만들고 있었잖아.
다시 해 보라고!
네가 잘못 본 거야. 그건 불가능해.
아니, 천만에!
난 네가 뭔지 알아!
뭐라고?!
내가 뭔데?
당연히,
너는….
나는…?
진짜로 만난 건 처음이야. 너는….
너는 바로….
땅속 요정이잖아!

도대체
내가 어딜 봐서
땅속 요정 같은데?
정원에 사는
땅속 요정이라니.
정말 멋지다!
난 정원에 사는
땅속 요정이
아니라고!

나는 데미안이야.
땅속 요정이 아니고.
아무한테도 얘기
안 할게. 우리끼리만
아는 비밀이야.

왕자님?!
왕자님!
윌리엄
왕자님!
어디
계세요?
응?

아, 나를
찾는 거야.
난 가야 해,
땅속 요정!
내 이름은
데미안이라고.
내일 여기서
또 만나자,
알았지?
날 만난 거
아무한테도
말하지 마!

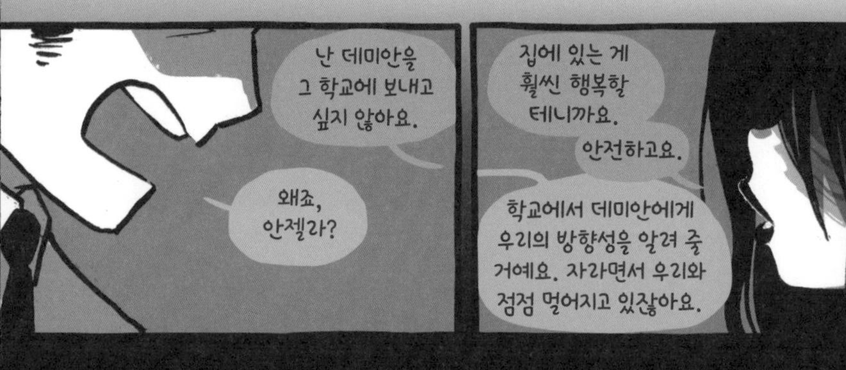

난 데미안을
그 학교에 보내고
싶지 않아요.
왜죠,
안젤라?
집에 있는 게
훨씬 행복할
테니까요.
안전하고요.
학교에서 데미안에게
우리의 방향성을 알려 줄
거예요. 자라면서 우리와
점점 멀어지고 있잖아요.

나를 받아들여 주는
누군가가 있다는 건 행복한
일이었어. 비록 그 애가
내 진짜 모습을 모른다 해도.

사실 우리는
놀라울 정도로 쉽게
친구가 되었어.

우리는 아무도 모르게 같이
놀았어. 마법사가 아닌
사람과 친해졌다는 사실을
엄마 아빠가 알게 되면
큰일이니까.

윌리엄은 숲에 사는
땅속 요정과 남몰래 노는 걸
모험이라고 생각했어.

윌리엄은 자신을
옛이야기에 등장하는
영웅으로 여겼어.

이 모든 게
아주 익숙해졌지.

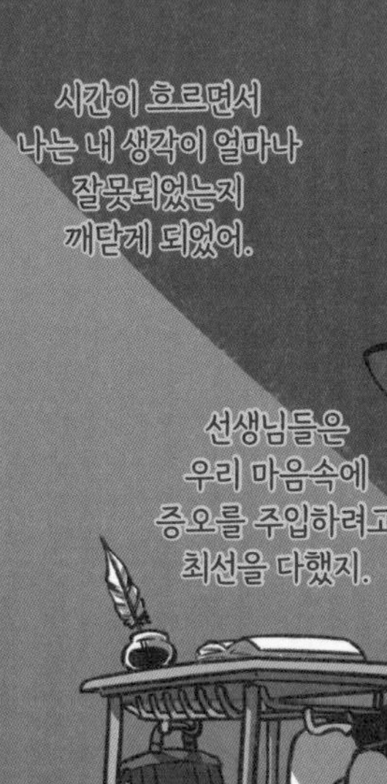
시간이 흐르면서
나는 내 생각이 얼마나
잘못되었는지
깨닫게 되었어.

선생님들은
우리 마음속에
증오를 주입하려고
최선을 다했지.

그들은 우리를
감시하고 박해했다.
죽이기까지 했지.
자신들이 우리를 멋대로
판단하고….

서둘러,
노아!

이봐, 너희
다들 왜 그래?
기운 내라고!
알렉스!
당장 내려와!
노아, 배리,
너희들도야!
하지만
교수님….

…

다시는 학교에
가고 싶지 않아.
엄마한테
말해야겠어….
엄마라면 그러라고
하실 거야.

이 모든 게 다
나 때문에
시작되었으니까.

어디에도
내가 있을 곳은 없어.

내가 갈 곳은
아무 데도 없어.

이봐….
…!
내 근처에서
얼쩡대지 마. 내 말
안 들으면 너를….
오랜만이야,
땅속 요정.

윌리엄…?
오랜만이야,
데미안!

난…
나 울고 있던 거
아니야! 이상한
생각하지 마!
울었어?
난 아무것도
못 봤는데.

…
그동안
어디 갔었어?

음… 나 지금
약혼자의 왕궁에서
살고 있어.
우리 아빠가 모니카네
아빠한테 신세를 져서,
내가 모니카랑 결혼해야
하는 거래.
으아….

여긴 잠깐
들른 거야.
난 내일 다시
돌아가야 해.
뭐?
돌아가야
된다고?

응, 가야 돼.

…
있잖아….
응?
너 나랑 같이
가고 싶지 않아?

뭐?
아주
멋질 거야!
네가 나한테
마법을 가르쳐 줄
수도 있고!

윌리엄…
나 너한테 꼭
해야 할 말이….

윌리엄한테 영원히
거짓말을 할 수는 없어.
네가 해야 할 일이라는 걸
받아들여.

도대체
무슨 생각을
하는 거냐?
왕궁에
들어가는 건 너무
위험해, 데미안.
하지만
저는 가고 싶어요.
잠복이죠….
아빠가 세우신
계획에 도움이
될 거예요.
굳이 그럴 필요는 없단다,
내 아들.
윌리엄 왕자는 저를
믿고 있어요. 아무도 저를
의심하지 않을 거예요.
조금이라도
잘못되는 것 같으면
바로 돌아와야 한다.
네, 아빠.
크리스마스와
생일에도 집으로 와야 해,
데미안.
약속할게요,
엄마.
윌리엄과 함께
지낼 수 있도록 허락받는 방법은
그 핑계밖에 없었어.
다
왔어!

그리고 그렇게
왕궁에서의 생활이
시작되었지.

정말 활기찬
곳이었어….

같이 놀 내 또래
아이들이 가득한.

나도 내가 윌리엄과
지위가 다르다는 건
알고 있었어.

어… 배가
아프네….
?

하지만 윌리엄은 나를
다르지 않게 대해 주었어.

나는 엄마와
약속한 대로 잊지 않고
집에 들렀어.
그래야 엄마 아빠가
내 걱정을 하지 않을 거고,
난 왕궁에서 평화롭게
지낼 수 있을 테니까.
하지만 나는
집에 돌아갈 때마다
항상 공포에 질렸어.
두 분의 복수에 대한
열망은 계속해서
자라나기만 했으니까.

시간은 빠르게
흘러갔고….

나는 나 자신이 속한 곳이
어디인지, 나는 어느 편인지를
깨닫게 되었어.

이럴 줄
알았다.

국왕 폐하…!
왜 여기에
계신 건가요?
왜 이토록 오랫동안
내게 숨겨 온 거냐,
데미안?

저…
저는 그저….
무엇이
두려운 거지?
폐하, 제발…
저는 그 어떤 해를
끼칠 생각은….

나는 예전의
내가 아니다,
데미안.
네?

나는 더 이상 마법사들을 두려워하지 않는다.
나를 보렴, 데미안. 나는 너를 믿어.
난 네가 좋은 사람이라는 걸 알고 있어.

…
…
…
감사합니다, 폐하.

내 시종이 되지 않겠느냐, 데미안?
너는 나에게 무척이나 도움이 될 것 같구나.
네에…?

하지만 아무에게도 네가 마법사라는 얘기는 하지 말거라.
데미안, 네가 윌리엄 왕자를 데려오도록 하렴.

너 윌리엄 왕자랑 친한 사이 아니야?
그렇게 어렵지 않을 텐데.
뭐라고요?
왜 데려오려는 건데요?
왕위 계승자보다 더 좋은 인질은 없을 테니까. 우리는 그들 모두를 납치할 계획이다.
데미안…?
너무 어처구니없는 계획이에요.
그러면 네가 더 좋은 계획을 세워 볼래?
전 시키는 대로 하지 않을 거예요.
정신 차려, 데미안! 너 그렇게 굴면…!
내버려둬, 힐데.

절대 말을 들을 애가 아니야. 자기 가족이 하는 일에 반대할 수 있다면 뭐든지 할 애니까.
그렇다고 죄 없는 사람들을 죽일 핑계가 되진 않아요!
죄가 없다고?! 이 마을 사람들은 우리를 존중해 주지 않아.
우리 가족이 살인자들이 아니었다면 제가 가족에 반대할 일은 없었겠죠!
지난주에도 우리는 습격을 당했어. 우리 집에 그들이 뭐라고 써 놨는지 너도 봤잖아….
어떻게 감히 그런 말을! 네 엄마가 무슨 일을 겪었는지 똑똑히 알잖아! 너도 그 자리에 있었으니까!
내 손에 붙잡히면 바로 죽은 목숨이다.
내가 알기로는 네 예전 친구들일 텐데….

아빠가
그 애들의 부모를
죽였잖아요.
그래, 그리고
너도 그 애들에게 나와
똑같은 일을 해야 한다.
네가 우리 편이라는 걸
증명하기 위해서.
무슨 말씀을
하시는
거예요?!
너는 와이트 가문의
후계자야! 후계자답게
네가 해야 할 일을 해!
저는 이 가족과는
아무것도 얽히고
싶지 않아요!

그 애들을
놔두고 오는 게
아니었는데.

됐어,
이 배신자!
당장 사라지고
다시는 돌아오지 마!
처음부터 너를 믿는 게
아니었어!
미안해, 친구.
병간호는 나랑
영 안 맞네.
네가 침대에서
벗어나게 되면 그때
다시 불러.

무슨
일인가요?
가엾게도
왕자님이
아프셔.
그래,
아프실 때는
정말 참아 드릴
수가 없다니까.

윌리엄은
너에게 맡길게,
데미안!
완전
뻔뻔한….

그래, 맘대로 해!
내가 배탈로 죽도록 놔두고
다 가 버리라고! 나한테는
이제 품위 따위는 없어.
너 설사하는 거야,
윌리엄? 그런 말
안 해 줬잖아!

다행히 네가
여기 있었구나,
모니카!
미래의 내
아내로서 의무를
다하기 위해서
말이야.

꼼지락대지 말고
다시 눕기나 해.

그리고 내가 여기
있는 건 그러고 싶어서지
내 의무라서가 아니야,
멍청아!
...
내 소중한 친구
데미안!
가족들 만나러 갔다가
벌써 돌아온 거야?
어땠어?
끔찍했어요.
차라리
설사 얘기를
하죠.
하하!
얼마나 오랫동안
여기 계셨나요, 공주님?
휴식이 필요하시면
제가 있겠습니다.
걱정 마. 내가
윌리엄 옆에 있는 게
좋아서 그래.
하지만 이곳에만
너무 오래 계시면
공주님도 병이 날
거예요.
괜찮아! 그러면
내가 병간호를 받게
되는 거지 뭐.
그런데 너 여기
있어도 돼, 데미안?
이제 국왕 폐하의 시종이
되었으니 할 일이 아주
많을 거 아냐!
입 다물고
다시 눕기나
하세요.

데미안….

나
너한테….
꼭 할 말이
있어.

네…?
뭔데요?

그 말을 듣고
네가 나를 어떻게
생각할지 너무
무서워.
무슨
얘기인데요…?

내가 모니카랑
결혼하는 걸 우리 아빠가
왜 동의하셨는지 알아?
국왕 폐하를
거역했기
때문이야.
네….

데미안, 우리
아빠는 아주 끔찍한
일을 저질렀어.

내가 어렸을 적에 아빠는
어떤 마법사를 화형시키라는
명령을 내렸어. 마법사 화형이
금지되어 있었는데도 말이야.
데미안….
우리 아빠
때문에 하마터면 네가
엄마를 잃을 뻔했다고.
이미 알고
있었어요.
으응?
오래전부터
알고 있었는걸요.

제발…
윌리엄 왕자가 어디 있는지 알려 줘….
이봐들, 그만 좀 보지?
거기 서서 나를 뚫어져라 바라보는 건 오히려 방해가 된다고.
네가 제대로 못하는 게 우리 잘못은 아니잖아.
아이비…!
미래를 볼 수 있다니 정말 멋져, 니코.
우리는 그 장면이 보고 싶은 거야.
으아아아!
아아아!
마크!
무슨 일이야?
트럭이 멈췄어.

그래도…
우리가 벌써
이만큼 왔어.
저 도시까지만
가면 돼.

안 돼….

트럭이
움직이질 않아.

모두가
밀고 있는 거 맞아?
으윽…
솔직히 모두는
아니야….

아미르!
뭐라도 좀 해!
나는 탁월한
전략가잖아.
너희를 감독할게.
게으름뱅이!

그 말은 너한테도
해당되거든, 도리안!
도리안?!
난 도우려고 주문을
찾는 중이야!

하지만
너희 둘이…
그중에서도
최악이야!
우리한테
도움이 되기는커녕
트럭에 무게만
더하고 있잖아.
우리는
별로 무겁지도
않은걸!

우리는 피부가
약해서 뜨거운 햇볕을
쬐면 안 돼.
그래, 뜨겁다는 건
우리도 잘 알지….
공주님도 안으로
들어오셔야 해요!
걱정하지 마, 앤.
나에겐 이 양산이
있으니까.

야, 너…
정령…
우리 좀
도와줄 수
없니?

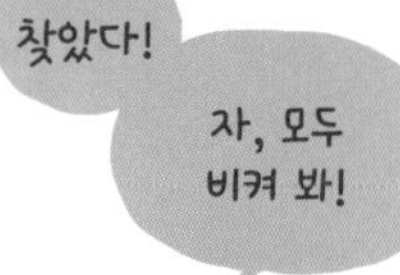
찾았다!
자, 모두
비켜 봐!

꿈도 꾸지 마.
여태까지 몇 번이나
너희를 도와줬는데
너희는 나에게 아무것도
해 준 게 없잖아.
…

굉장해, 도리안!
성공이야.
힘내, 카를로!
넌 할 수 있어!

어머,
공주님….
햇볕 때문에
온몸에 빨간 점이
생겼어요!

!!

이거 그냥
주근깨라고!
그리고 다니랑
도리안….
햇볕이
너무 강해….
너희 괜찮은 거
맞아?
하하, 너희 둘
토마토 같아!

이제 거의
다 왔어!
빨리!
잘못하면 카를로를
놓치겠어.
정말
재밌어.
서둘러!
가자!

우리를 도시 안으로
들여보내 줄까?
당연하지.
나 왕자야!
아, 아미르
왕자님!

저희를 구하러
와 주셨군요!
구해?
누구한테서?

모르셨어요…?

안으로
들어가는 게
좋겠어요.
저랑 같이
가시죠.
왕자님,
도시가 좀 우울해
보이네요.
평소 모습이
아닌데….
느낌이 좋지
않아, 도리안.
나도
그래.
뭔가 나쁜 일이
일어나고 있는 것 같아.

용이라고요?!
그래, 아미르…
용이 가끔씩 우리 도시를 공격하고 있단다.
수정 구슬에서 본 게 맞았어….
용은 자기를 죽이려 하는 병사들뿐 아니라 일반 시민들도 잡아먹고 있어.
정말 끔찍해요, 어머니!
그런데 우리가 뭘 할 수 있겠어요?
읏, 뻔뻔하긴!
이번에도 자기 일이 아닌 것처럼 굴 거야, 오빠? 언제나처럼?
오랜만이야, 아이샤.
머리 잘랐네. 귀여워라!
조용히 해! 대체 그동안 어디 있었던 거야?!
말이 나와서 하는 얘긴데, 아미르.
넌 이 나라의 왕자야.

네가 용을 물리치는
용사가 되어야 해.
오빠가요?
제가요?
제가 용을 물리칠
작정이었다고요,
어머니!

아뇨!
제가 갈
거예요.

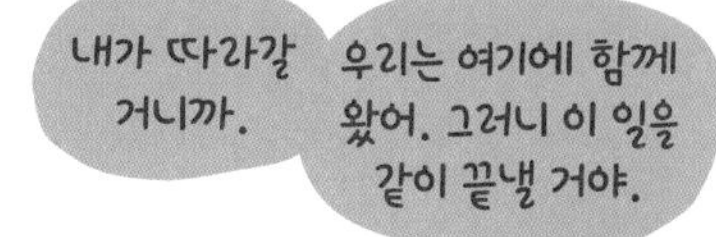
윌리엄이 그 괴물한테
붙잡혀 있을지도 몰라요.
전 윌리엄을
구하러 이곳에 왔고,
제가 시작한 일은 제가
끝내는 게 맞아요.

저 혼자 가야
한다고 해도요.

너 혼자 가는
일은 없어.

내가 따라갈
거니까.
우리는 여기에 함께
왔어. 그러니 이 일을
같이 끝낼 거야.

당연하지,
모니카.
우리는
다 같이 악당을
물리칠 거야!
그래!
이제 와서 우리가 널
버릴 거라고 생각한 건
아니지, 모니카?
나를
믿으라고.
너희들도 도와준다니…
정말 고마워!
저… 저도
할 수 있는 한
도울게요.
어머니가
하라고 하시니까
나도….
곤란한 일이
생기면 저희 도움이
필요하실 거예요!
하하! 얘들아…
정말 고마워.
그리고 이 도시가
안전해지면, 제 왕국을
되찾는 것도 도와주세요.
우리는 윌리엄을
구할 거예요.
그렇게
하마.

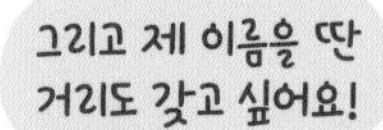

그리고 제 이름을 딴
거리도 갖고 싶어요!
용을 무찌르는 제 모습을
묘사한 동상도요!

하하! 진짜
멋지겠다!

그만,
모니카….

이제 뭘 좀 먹고 쉬어.
내일 떠나렴.

내가 제대로
알고 있는 게
맞는 건가….

우리가 내일 윌리엄 왕자를
구하러 가는데 그 말은….

하늘을 날아다니면서
불을 뿜는 거대한 괴물을
물리칠 계획을 12시간 안에
세워야 한다고?!
우리가 내일 출발하지 않으면
그 나쁜 용이 이곳 사람들을
공격할지도 몰라!

그래도 계획 세울 시간이 있기는 하잖아.
도리안, 우리가 뭘 해야 할까?
그냥 상황에 맞춰 즉흥적으로 행동하자.
대체 우리가 어떻게 용을 즉흥적으로 물리치겠어, 멍청아?
내가 생각해 봤는데 말이야… 도리안, 네가 용을 길들일 수 있지 않을까?!
안 돼.
지난번에 만난 용은 나를 엄마라고 생각했기 때문에 말을 들은 거였어.
왜 우리가 이 난장판에 발을 들인 걸까, 앤?
다니랑 모니카는 빗자루를 탈 수 있잖아. 벌써 그것만 해도 우리한테는 유리해.
카를로도 날 수 있지. 너희 몇은 카를로 등에 탈 수 있을 거야.
!!

1시간 후
무슨 일이야, 니코? 너 뭔가 아주 이상해.

오랫동안 한심하게 굴어서 정말 미안해.
음…
정말로, 넌 내 절친이야.

모든 게 다 고마워.
왜 지금 그런 말을 하는 거야? 기다려!
나 갈게! 해야 할 일들이 있거든.

비록 넌 못됐고 신경에 거슬리는 짓을 많이 했지만, 너한테 나쁜 일이 생기지 않기를 바랄게.
그러든가 말든가, 한심하긴.

우리를 여기까지 데려와 줘서 고마워.
천만에, 친구.

넌 정말 착한데, 왜 네가 아이비와 친하게 지내는지 모르겠어.
응? 너 어디 가?

도리안….
응?
넌 괜찮은 괴짜야.
난 네가 좋아. 사실 넌 아주 멋져.

너무 감동할
필요는 없어.
니코….

혹시 뭐
잘못 먹었어?
너 지금
너무 이상해….

뭐? 신경 꺼,
이 괴짜 녀석아!
잘 있어라!

모니카…
널 만나서
정말 기뻤어.
니코,
잠깐….
넌 정말
놀라울 정도로
대단해.

다른 애들이 그러는데
너 저녁 내내 이상하게
굴고 있다며…
뭐 문제
있어?
아무것도 없어.
그럼 이만….
그러지 마, 니코.
난 믿어도 돼!

사실
말이야…
어쩌면
우리는 내일
죽을지도 몰라.
내가 잘못되기 전에
모든 걸 바로잡고 미처 끝내지
못한 일을 정리하고 싶어.

너무 심각하게
생각하지 마! 우린
지금까지 몇 번이나
위기를 겪었잖아.
다른 때는 갑자기
위험에 말려든 거지!
하지만 이번에는
자발적으로 위험에
맞서는 거야.
게다가 용을
그저 피하는 게
아니라 물리쳐야
하는 거잖아.

왜 그렇게 부정적으로 생각을….
난 용을 물리치기 위해 내가 할 수 있는 건 뭐든 할 거야. 하지만….
우리가 사막에서 무슨 일을 겪든 난 양심의 가책을 남기고 싶지는 않아.
우리는 살아남을 거야.
나 너한테 묻고 싶은 게 있어.
마침 얘기가 나와서 말인데…
우리 둘만의 비밀로 지켜 줘야 돼.
물론이지, 난 비밀을 좋아하니까!
좋아. 그러니까, 음… 넌 항상 스스로 로맨스 전문가라고 하잖아. 나한테 충고 좀 해 줘.
비밀 로맨스라고?! 더 좋아!
난 아직 해야 할 중요한 일이 있거든….
모든 게 계획대로 잘된다면 말야…
나 첫 키스를 하고 싶어.
왜 네 절친 마크한테 물어보지 않고?

마크는 네
친구잖아. 그리고….
경쟁자한테
어떻게 물어봐!
!!
너 설마
다니를 좋아해?!

이제야 알았어?
로맨스 전문가라며?
어휴!
어머, 신나!
나 정말
행복해졌어!

잘됐네.
그래서 뭐라고
충고해 줄 거야?

해 줄 말은 없어.
난 윌리엄이랑 키스한
적이 없거든.

얼른 서둘러,
다니가 자러 가기
전에!
알았어!

아무튼
전부 고마워,
모니카.
행운을
빌게.
쾅

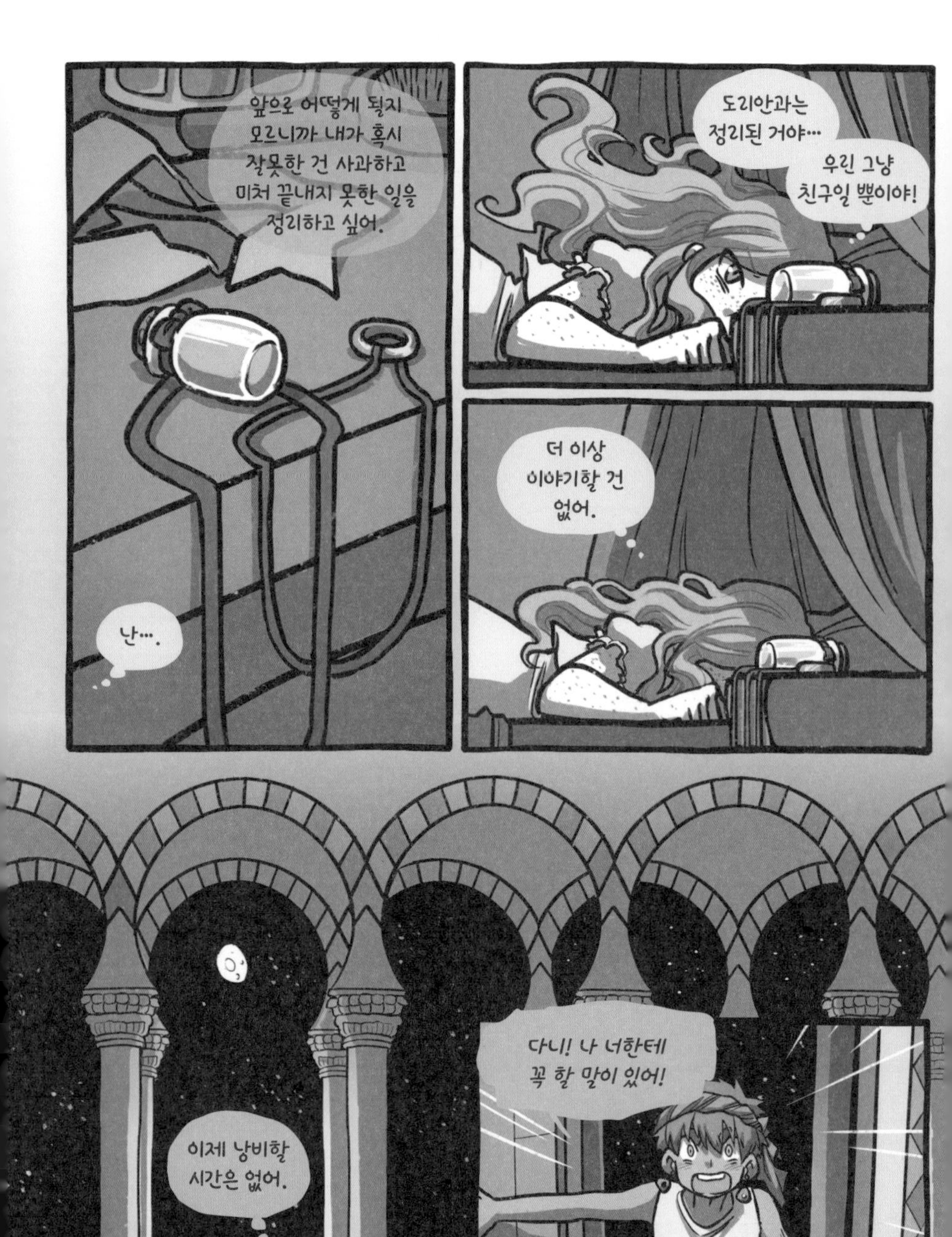
앞으로 어떻게 될지 모르니까 내가 혹시 잘못한 건 사과하고 미처 끝내지 못한 일을 정리하고 싶어.
난….
도리안과는 정리된 거야…
우린 그냥 친구일 뿐이야!
더 이상 이야기할 건 없어.
이제 낭비할 시간은 없어.
다니! 나 너한테 꼭 할 말이 있어!

니코!
놀랐잖아! 내 방에 그렇게 불쑥 들어오지 마!

왜 안 돼?
마스터 집에서는 방도 같이 썼으면서. 기억 안 나?
네가 모니카의 인형의 집에서 잔 거잖아.
그게 어떻게 같니?
흥!

들어 봐, 다니!
내가 네 사생활을 배려하지 못한 건 너한테 꼭 해야 할 중요한 이야기가 있기 때문이야.

?
그게 뭔데?
음, 그게….

이걸 어떻게 얘기해야 할지 잘 모르겠네…
하려는 말은….

내가 생각했던 것보다 훨씬 어렵네!
…
나쁜 거야?
아니! 그러니까….

실은 네가 결정할 문제거든….
하지만 난 이게 꼭 나쁜 거라고는 생각하지 않아….

사실 말이야, 난…
난 정말로… 으아아아!

니코, 그냥 말해! 네가 지금 날 긴장하게 만들고 있어!

지금 장난치는 거지?

내가 너에게
진심을 보여….
나 화장실
다 썼어, 다니!
안 나오는 줄
알았잖아, 도리안!

도리안,
너 여기
있었어?!
다니랑 나는
방을 항상 같이 써.
너도 알잖아.
니코가 나한테
할 중요한 얘기가
있대!

왜 이렇게
소란스러운
거야?
너랑
상관없잖아!
니코가
할 말이 있대.

무슨
일이야?
니코가 우리한테
어처구니없는 소리를
하겠대.

진짜
안 되겠네!
잘들 자라고!!
니코,
잠깐….

우리한테 무슨
얘기를 하고
싶었던 거지?
니코가 오늘 정말
이상하다니까….

니코, 기다려.
대체 무슨
일인데 그래?
네가
신경 쓸 일
아니거든.
그러지 말고
나한테 얘기해.
난 네 절친이잖아.
심술부리지 말고….
너 정말
성가셔.
사실은 내가
구슬에서 이상한 걸
봐서 그래.
이상한 거?
뭔가 아주 나쁜 일이
일어날 것 같은
느낌이 들어.
뭘…
뭘 봤는데?
그냥 내 눈에
보인 것만이
아니야….
무슨
뜻이야?
울고 있는 다니를
봤어. 어두운 기운이
다니 주위를 감싸고
있었고…,
뭔가 변화할 것 같은
느낌이 들었어. 그리고
그 변화로 인해 다니가
어긋날 것만 같아….

여기 없네….
내가 어디에 뒀지?
으아아악. 안 되는데!
왜 이러는 거야, 도리안?
내 마법 지팡이가 안 보여!
잃어버린 거야?!
난 아무것도 안 잃어버려!
네 지팡이는 있어, 다니?
…
아, 이건….
내가 가서….
그래, 같이 가자!
아얏!
쿵
도리안, 괜찮아?
우리를 가뒀나 봐!
뭐라고?!
제발 도와줘, 정령…
네가 할 수 있는 게 뭐 없을까?
당장 문 열어!

용과 싸우다
죽을지도 모르는 널 위해
이 문 여는 걸
도와 달라는 거야?
그래!
부탁이야!
그럼 그렇게
하지.

하암,
졸려….
쾅!
으아아악!

어떻게 한 거야?
마법 지팡이를
찾았어?!
설명할
시간 없어.
다른 아이들을
구하러 가자!
?

난 누군지
알 것 같아.

아주
귀찮게 됐어.

아미르 오빠가 모든 공을
독차지하게 할 수는 없지.

게다가 그 멍청이는 절대로
용을 물리치지 못할 거야.
그리고 이건 다른 나라
공주와 한심한 무리들과는
아무 상관도 없는 일이라고!
내 백성들을
보호하는 건 나의
의무야!
내가 용을
죽일 거야.
혹시 내가
이 허접한 물건을
쓸 수 있을까….
…
앗!

봐,
저쪽이다.
저게
그 용이구나!
늦기 전에
갈 수 있을까?
그래,
아이샤가 보여!
아이샤!
모니카, 더 빨리
가 줘!
뭘 하고 있는
거지?!
용을
쏘려는 걸까?

저기 봐, 아이샤가 용을 쏘려고 해!
그래 봤자 용의 화를 돋우기만 할 텐데!
뭐야…?
이게 무슨….

어?
왜
방해해!
데미안?
여기서
뭐 하는
거야?

저리 가,
아이샤!
그 지팡이
내놔!
걸리적거리지
좀 말라고!
내가 막 용을
쓰러뜨릴
참이었는데!
바로 그것 때문이야!
네가 용한테 무슨 짓을
했는지 안 보여?
내 백성들의
안전을 위해서란
말이야!
이해를
못하겠니,
아이샤?
지금 저 용을 죽이면
우리는 윌리엄 왕자를
찾을 수 없다고!
도리안,
기다려!

다니,
물러나!
지금은 싸울
때가 아니란 걸
모르겠어?!
도리안,
한심한 짓
하지 마.
두 사람
정말!
난 형이
무섭지 않아!
혹시 이제
'마법사들의 왕'이라고
불러 드려야 하나?
난 네가
이보다는 똑똑한 줄
알았는데.
난 너희를 해칠
생각으로 여기 온 게
아니야. 윌리엄 왕자를
찾으러 왔어.

농담 아니야.
두 사람 뒤에 용이
있단 말이야!
말다툼은
나중에 하면
안 되겠어?
형이 또다시
윌리엄 왕자를 데려가게
두지 않을 거야!
우리가 확실히,
완벽하게 왕자를
구해 낼 거라고!
세상에, 사막에서
왜 검은 가죽 망토를
두른 거야?
데미안!
난 너를 만나서
정말 기뻐.
우리 부모님은
어디 계셔?
나와 함께
오셨어….
모두 바닥에
엎드려!
조심해!

데미안, 돌아와!
나도 데려가 줘!
빗자루를 나한테 줘, 모니카.
데미안, 잠깐만!
빨리 용을 따라가야 해!
모니카! 괜찮아?!

방금 무슨 일이 벌어진 거지?
전혀 모르겠는걸.
여왕님, 제 소개를 좀 드려도 되겠습니까?
!!

마스터?!

여기서 뭘 하시는 거지?
아이샤! 너 대체 무슨 생각이었던 거니?
니코…
너희 모두 무사하구나!
데미안 폐하와 거래를 했단다.
이제 모든 것이 제자리를 찾을 거야. 우리는 안전해.
아!
조지 폐하?
방금 전까지 두꺼비셨던 겁니까?
모니카, 너희 부모님 무사하셔!
아빠!
전 윌리엄을 아직 구하지 못했어요. 이제 거의….
제발 가게 해 주세요!
난 너를 믿는다. 네가 원하는 건 무엇이든 하렴.

빗자루 좀
빌려줄래, 다니?
으응?
안 돼,
모니카…!
기다려,
윌리엄!
내가
너를….
뭘 그렇게
서둘러,
모니카?
나는 놓고 갈
작정이었어?
으윽!
도리안…?

좋아.
같이 가자!
응!
윌리엄을 찾으러!
나를 두고 갔어! 내 빗자루까지 가지고 말이야!
괜찮아, 다니.
너무 화내지 마. 왜냐하면….
우리는 용의 핏자국을 따라가면 되니까.

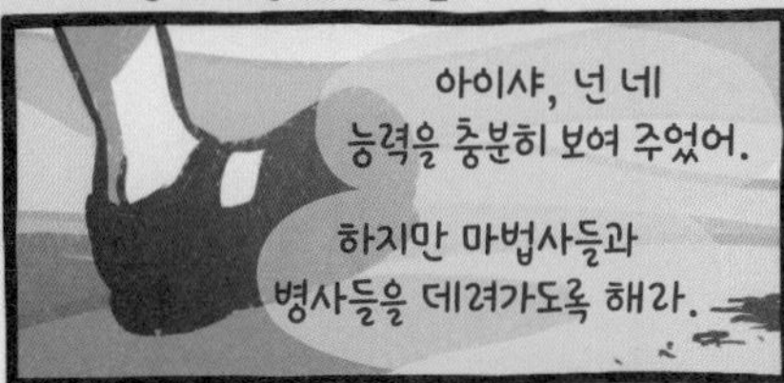

입 다물어!

아직 두 시간도 안 지났다고!!

어쩔 수 없이 너희들을 데려왔는데, 달팽이처럼 느려 터져서 내 발목을 잡고 있거든!

불평하는 소리는 한마디도 듣고 싶지 않아!

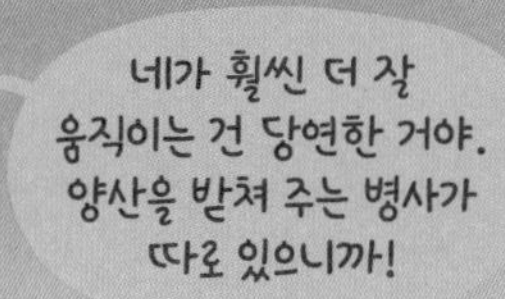

네가 훨씬 더 잘 움직이는 건 당연한 거야. 양산을 받쳐 주는 병사가 따로 있으니까!

아니야,
니코.
아이샤 말이
맞아.
도움이 되려면
우리가 가능한 빨리
가야 돼.
낭비할
시간이 없어.
자, 온 힘을 모으자.
친구들에게는 우리의
도움이 필요해!
그… 그게
맞겠구나!
미안해. 내가
너무 지쳐서 그만.
난 아직도
왜 아이샤가
이 무리의 리더여야
하는지 모르겠어.
왜냐하면
공주님이시니까!
당연히 내가
너희보다 머리가 좋고
준비되어 있어서지!
그게 이유야!
그래, 맞아.
그게 이유야!
네가 약해
보인다는 얘기는
아닌데 말이야,
너 열 살은 됐냐?
이봐, 니코,
그러지 마.
아이샤 공주는
너보다 확실히
나이가 많아.

사실 공주님은
얼마 전 17세 생일을
맞으셨어.
정말? 난 아이샤가
나보다 어릴 거라고
생각했어!
뭐라고?
거짓말!
진짜?
너희들
모두 너무
무례하군!
이쪽에 흐른 지
얼마 안 된
핏자국이 있어.
이제 용과
가까워졌다는 거네.
윌리엄 왕자님도.
혹시 함정일지도
몰라. 돌아서
가는 게 좋겠어.
이게
무슨…?
언제부터
그렇게 겁쟁이가
된 거야?
하하, 그냥
겁쟁이인지 시험해 봤어!
넌 통과했어, 다니!
내가 시험이
뭔지 알려
줘야겠어….

저 애들 너무
소란스러워.
만약
이게 함정이라면
꼼짝없이
붙잡히겠어.
다니!
안 돼!
어어?
뭐야?!
조심해,
니코!

네
뒤를 봐!
어?!
으아아악!
이봐!
너무 높이
올라왔어. 떨어지면
죽을지도 몰라!
난 안 죽어.
추락을 피하는 기술
몇 가지를 알고 있거든.
아!

하지만 나 혼자서는
모두를 보호할 수가 없어,
정령.
으윽….
네가
해결하겠다고
약속해 줘!
뭐지…?!
그렇게
하지.
내가 네 친구들을
보호해 줄게.
아,
안 돼.

경보가 울렸습니다.
누군가 윌리엄 왕자 가까이로 다가가고 있다는 뜻이죠.
누구든 간에…
경비병들이 처리할 겁니다. 보호 주문이 작동하고 있으니까요.
음… 힐데, 안젤라, 외출 준비해요.
우리의 왕을 데리고 와야 할 테니까.
누구지?
데미안?
모니카 공주?
다니!
너 괜찮아? 내 말 들려?!
아주 똑똑히 들려!
근데 나중에 이야기하자. 난 지금 바빠.
안 돼! 안 된다고! 저 괴물들과 혼자 맞설 수 없어!

정령,
저 애들을
보호해 줘.
아!
이럴
수가…?
알겠어.
이게 무슨
마법이지?
움직일 수가
없어!
공주님, 활 쏘지
마세요. 이러다
저희가 맞겠어요!
자,
이제….
준비됐겠지,
괴물들?

내가 왔으니…
이제 너희는
끝장이야!

으윽…
숫자가 점점
늘어나는 것 같아!
뭐라도 해 봐,
정령!
너 혼자
해결하겠다고
하지 않았었나?

그…
그랬었지….

날 놔줘,
이 사악한 뱀아!

정령,
내 친구들을
풀어 줘!
좋아….
다니, 너
어떻게 한 거야?
어디서 그런 주문을
배웠어?
설명할
시간 없어!
모두 뛰어!
동굴로
들어와, 서둘러!
너무
무거워!
입구를
막기 힘들 것
같아!
콰
으윽!

…

모두
괜찮아?

으응.

누가 뭐라도
좀 해 봐!

다니, 너 마법의
불을 켤 수 있어?

난
모르겠어…
정령?

정말
귀찮아 죽겠네.

무슨 말을 하는
거야, 다니?

아무것도
아냐.

저 소리
들려?

겁주지 마,
마크!

아,
카를로!

네 개구리가
불도 뿜어?

잘했어,
카를로.
빛나라,
동굴!
헤헤
헤헤
멋져,
카를로랑 니코!
그래, 니코! 너 가끔은 아주 쓸 만한 생각을 해낸다니까.
가끔이라니 무슨 뜻이야…?!
나… 나 인정할게. 너에게 감명받았다는 걸! 다니, 네 마법은 아주 굉장해.
정말? 그렇게 말해 줘서 고마워.
제발 나에게도 강력한 마법을 가르쳐 줘.
뭐…? 진심이야?
그런 걸 가르칠 수 있는 사람은 내 동생 도리안뿐이야.
네 동생의 실력은 본 적 없어서 모르지만 내가 확신할 수 있는 건 넌 엄청난 마법사란 거야.
네가 내 스승이 되어 주면 정말 기쁠 거야, 다니!

어?
마크, 너 상처가 난 것 같아.
그래?
마크, 다쳤어?
걱정하지 마. 그냥 바위에 살짝 쓸린 것 같아.
난 알아차리지도 못했는걸.
자, 이제 움직이자.
발 조심해서 디뎌야 해!
이 동굴에 다른 출구가 있을까? 우리가 들어왔던 곳으로는 나갈 수 없잖아.
음, 얘들아, 아무래도 우리 좀 젖을 것 같아.

통로에 물이
넘쳤거든.
아,
이런….
다들
수영할 수
있지?

솔직히 말하면
난 헤엄칠 줄 몰라.
으응?

어…
나는….

걱정 마, 다니.
내가 널 업고 갈게!

고마워, 니코. 하지만
벌써 마크한테 업혔는걸.
뭐?!
나한텐
어려운 일
아니야.
게다가 넌
횃불도 꺼지지 않게
들어야 하잖아!

당연히
그렇겠지.
마크,
내가 무겁지는
않아?
전혀.
물속에서는
더 가벼운걸.
그만 떠들고
수영이나 해.
서둘러야 한다고!
니코,
네 말이 맞아.
너 진짜
빠르다, 마…
응?
마크, 왜
멈춘 거야? 발에
쥐라도 났어?

저 소리 들려? 꼭 음악 소리 같아….
마크?
마크, 어디로 가는 거야?!
이리로 와요….
두려워하지 말아요….
더 가까이….
어서….

나랑 같이 있어요….
이건 무슨 괴물이지? 인어인가?
화살 줘, 빨리!
뭘 보고 웃는 거냐, 이 괴물!
네 얼굴에서 그 웃음을 싹 지워 주마!
기다려!
마크! 다니!

이거나
받아라!

…
마크와 다니를
데려갔어….

내 공격을
피했어.

달아나고
있다!

안 돼!

다음 권에 계속됩니다.

HOOKY ③ 새로운 왕과 사라진 왕자

2025년 1월 10일 1쇄 인쇄 | 2025년 1월 25일 1쇄 발행
글·그림 미리암 보나스트레 | **번역** 홍연미
기획·편집 서영민, 박보람 | **디자인** 강효진
펴낸이 안은자 | **펴낸곳** (주)기탄출판 | **등록** 제2017-000114호
주소 06698 서울특별시 서초구 효령로 40 기탄출판센터
전화 (02)586-1007 | **팩스** (02)586-2337 | **홈페이지** www.gitan.co.kr

※ 이 책의 본문은 '국립공원 반달이' 서체를 사용했습니다.
※ 잘못된 책은 구입처에서 교환해 드립니다.

KC마크는 이 제품이 공통안전기준에 적합하였음을 의미합니다.
제조국 : 대한민국 사용 연령 : 8세 이상
책 모서리에 다치지 않게 주의하세요.